KB138737

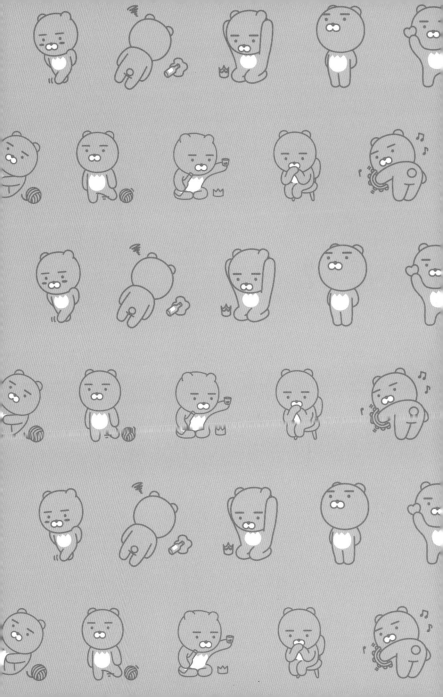

라이언,
내 곁에 있어줘

라이언,
내 곁에 있어줘

전승환 지음

arte

RYAN 라이언

아프리카 둥둥섬의 왕위 계승자로 태어났다. 수사자로 태어났음에도 갈기가 없는 자신의 모습에 정체성의 혼란을 느끼고, 왕이 되기보다 또 다른 세상을 탐험하고 싶다는 호기심을 남몰래 키워왔다. 왕궁에서의 반복되는 일상에 지루함을 느끼던 어느 날, 기회를 노려 마침내 둥둥섬을 탈출하는 데 성공한다. 섬을 벗어나 도착한 곳은 책으로만 접하며 동경해왔던 신비의 장소 Secret Forest!

그곳에서 라이언은 자신처럼 저마다 독특한 콤플렉스를 갖고 있는 친구들을 만나고, 그들과 함께 자신의 모습대로 즐겁게 살아가며 신나는 모험을 즐긴다. 무뚝뚝한 표정과 다르게 배려심이 많고 따뜻한 리더십을 가진 듬직하고 믿음직스러운 조언자 라이언. 당신이 혼자 우울해하고 있을 때 조용히 다가와 동그란 눈을 반짝이며 위로를 건네줄 것이다.

prologue

내 곁에,
내가 좋아하는 일들을!

요즘의 나는
잘살려고 노력하느라
잘, 사는 시간을 잃어버리는 느낌이야.

슬프지,
내 삶을 찾으려 노력하는데,
그 노력으로 내 삶이 없어져버리는 상황이잖아.

그래서
잘살기 위한 노력보다
잘하는 것,
잘할 수 있는 것,
잘, 하고 싶은 것부터 하기로 했어.

내가 좋아하는 것도 못 하는 하루로
내 삶을 도둑맞기는 싫으니까.

이제는
내가 웃을 수 있는 노력들을 할게.
나 스스로를 토닥이며
한참 동안 흘려버린 시간들을 담아볼게.

자, 들어봐.
행복으로 꽃필 하루의 끝에
내가 좋아하는 이야기부터 하나씩 시작해볼게.

차례

prologue_내 곁에, 내가 좋아하는 일들을!   ··· 006

 part 1   무표정한 내가 좋아

오늘의 표정   ··· 016

진심을 전해줘   ··· 018

무표정한 내가 좋아   ··· 020

그게 모두 나   ··· 022

서로에게 조금 더 다정하기를   ··· 024

나를 위한 감정   ··· 028

오늘 하루는 어땠어?   ··· 030

흔들흔들 경쾌하게   ··· 032

보이는 모습이 전부는 아니야   ··· 033

말로 하지 않아도 가득한   ··· 036

누가 뭐라 해도   ··· 040

침묵을 선택하는 이유   ··· 042

가끔 숨 좀 쉬어가도 돼   ··· 046

이제는 그러려니 하기로   ··· 048

아무것도 안 하는 게 아니야   ··· 052

인생은 비교할 수 없으니까   ··· 054

담담한 고백   ··· 056

너를 좋아하는 마음 그대로   ··· 058

 part 2   이 별에 딱 하나 있습니다

혼자 떠나고 싶은 곳   ··· 062

어두울수록 빛나는 것이 있다   ··· 064

오늘부터 하나씩   ··· 066

시선이 머무는 곳   ··· 068

아무것도 아닌 것은 아무것도 없어   ··· 070

손에 쥐고 있는 것   ··· 072

우주만큼 아파도   ··· 076

나 자신이 삶이 되는 거야   ··· 078

내 마음을 어디에 쓸까   ··· 080

온전히 나만을 위한 시간   ··· 084

뭐 어때, 하고 넘기면 그만   ··· 086

그런 밤이 오면   ··· 090

나에게 보내는 인사   ··· 092

너만을 위한 글 ··· 096

이 별에 딱 하나 있습니다 ··· 100

너와 같은 삶 ··· 102

피어나기를 ··· 104

 part 3 누군가를 바꾸지 않겠다는 결심

그거 하나면 충분해 ··· 108

평범하게, 안전하게? ··· 110

나의 감정을 지키는 법 ··· 112

위로도 상처가 될 때 ··· 114

누군가를 바꾸지 않겠다는 결심 ··· 116

보이지 않지만 생각은 하고 있다 ··· 118

물들어가는 사이 ··· 122

힘을 빼야 자유로워진다 ··· 124

둘 사이의 거리를 존중한다는 것 ··· 126

지금 가장 노력해야 할 일 ··· 130

적당히 살 만한 하루 ··· 132

사실은 나에게 해주고 싶었던 말 ··· 136

그 순간을 다시 살아 ··· 140

너를 향한 기분 ··· 142

나는 어른이 되지 않기로 했다 ··· 144

시간이 하는 일 ··· 146

반짝반짝 빛나는 ··· 150

part 4 내 곁에 있어줘

텅 빈 마음을 무엇으로 채울까? ··· 154

우리가 함께 있다는 건 ··· 158

잘하고 있다고 말해줄 사람 ··· 160

당신의 오늘을 묻다 ··· 161

감정을 공유하는 특별한 방법 ··· 168

이름을 부르면 떠오르는 기억 ··· 170

네 곁을 잠시만 빌릴게 ··· 172

술래가 찾아줄 때까지 ··· 176

마음속 아이 ··· 178

벚꽃 피는 계절이 오면 ··· 180

호기심이라는 태도 ··· 184

잘 버텼어 ··· 186

아프지 않은 사람은 없으니까 ··· 188

곁에 두고 싶은 사람 ··· 192

네가 좋은 이유 ··· 194

너라서 고마워 ··· 196

내 곁에 있어줘 ··· 198

대화가 필요해 ··· 200

전하고 싶은 마음 ··· 202

 part 5　　**내가 좋아하는 것부터 생각해볼래**

좋아하는 것만 생각할 수 있다면 ··· 206

행복을 묻는다면 행복하지 않은 것 ··· 208

안 하면 안 될까요? ··· 210

'별일'에 대처하는 자세 ··· 214

살아 있다는 것만으로 충분해 ··· 216

나라는 작품 ··· 220

나 좋으면 그만이지 ··· 222

정해지지 않아서 더 즐거워 ··· 224

조금씩 조금씩 ··· 226

이러다 내가 없어질 것 같아 ··· 230

오늘부터, 아니 지금부터 ··· 232

후회하지 않을 수는 없다 ··· 234

좋은 안녕 ··· 236

내 마음이 먼저 ··· 238

잃어버린 것들의 빈자리 ··· 242

울 수 있는 것도 능력 ··· 244

길모퉁이까지 2분만 더 ··· 248

어떤 위로 ··· 250

무언가를 좋아하려면 ··· 252

내가 좋아하는 것부터 생각해볼래 ··· 254

epilogue_소중한 사람에게 들려주고 싶은 이야기 ··· 256

카카오프렌즈 소개 ··· 258

1

무표정한 내가 좋아

오늘의 표정

세상은 갖가지 색깔의 표정으로 가득하다.

새 구두를 사던 날의 분홍색 표정
친구와 말다툼을 한 날의 갈색 표정
여행을 떠나던 날 연두색 표정
홀로 남겨진 밤 보라색 표정

앞이 보이지 않는 새까만 표정도
지우려 애쓸 필요는 없다.
모두 세상에 필요한, 톡톡 튀는 물감들이니까!

오늘 너의 표정은 어떤 색깔일까?
세상에 하나뿐인 표정으로
축제 같은 하루가 만들어진다.

진심을 전해줘

진심을 표현하기 위해서는
따뜻한 눈빛 하나면 된다.
이미 가득 차버린 내 마음속을,
상대에게 느끼는 수천 가지 감정들을
굳이 꺼내어 보일 필요는 없다.
차고 넘치는 마음에
상대를 향한 진심을 더 담아내려 애쓰다
자칫 진심이 아닌 가식을 보일 수 있다.
고맙다는 마음도 좋고
보고 싶었다는 그리움도 좋다.
그저 가만히 바라보고
미소를 지으며
손을 내밀면 된다.
너무 복잡하지 않게,
그렇게 진심을 전하면 된다.

어떤 상황에서든

마음은 제자리에 있어야 정말 행복한 거래.

그러고 보면 쉽사리 감정을 바꾸지 않는 무표정은

행복을 담기 위한 나만의 준비 자세일지도.

무표정한 내가 좋아

무표정한 내가 좋아.
하하하 크게 웃는 모습도 예쁘고,
다정하게 눈을 맞추는 모습도 사랑스럽고,
씨익씨익 화를 못 참는 모습도 귀엽지만,
나는 무표정한 내가 제일 맘에 들어.

왜냐고?
생각해봐.

네가 지금 행복한 기분이라면
나의 무표정 속에서 행복을 찾을 것이고
네가 지금 불행한 기분이라면
나의 무표정 속에서 우울을 찾게 될 거야.

네가 행복할 때면

나의 무표정이 안심이 되어주고
네가 우울할 때면
나의 무표정이 위로가 되어주겠지.

무표정 속에는 수많은 감정이 다 녹아 있기도 해.
이해, 공감, 무안함, 난처함, 미안함, 고마움, 쑥스러움…
웃음이나 찡그림으로 나타낼 때보다
조금은 더 그윽해 보이는
서로에 대한 마음들.

그래서 난 무한한 감정을 읽을 수 있는
너의 무표정도 정말 좋아.

무표정이 가진 무한한 공감의 가능성이 좋아.

그게 모두 나

달콤한 냄새에 끌려 집어들지만
한 입 베어 물면 늘 실망하는 델리만쥬처럼,
잔에 가득한 고운 거품에 눈이 즐겁지만
금세 푹 꺼지는 카푸치노처럼
내가 꼭 그렇게 되어가는 것 같아 불안했다.
내 모습이 모두 허세인 것 같고
잠깐 사이에 초라해질 것 같아서.
사람들을 만나는 게 점점 무섭기도 했다.
내 초조함을 들킬까 봐,
사람들이 내 진짜 모습에 실망할까 봐.

하지만 이런 모습도 괜찮다고
얘기해주면 좋겠다.
꺼질 거품도 카푸치노고,
사라질 냄새도 델리만쥬니까.

불안함을 꼭 쥐고 나를 받아들이기만 하면 된다고
누군가 말해주면 좋겠다.
아직 부족한 모습 그대로,
그게 모두 나라고
말해주면 좋겠다.

서로에게 조금 더 다정하기를

"무슨 일 있어?"
요즘 자주 듣게 되는 질문이다.
그럴 때마다 "아, 아니요. 아무 일 없어요" 하고 말하지만
어김없이 돌아오는 답은 한결같다.
"그런데 표정이 왜 그래? 좀 웃어!"

마음 같아서는,
제 표정이 어때서요?
진짜 별일 없는데 왜 그러시죠?
쏘아붙이고 싶지만,
괜한 미움을 사기 싫어
네, 하고 미소를 지어 보인다.

가식적인 표정을 강요받는 사이,
미소 짓는 모습을 보여주기 위해

진짜 감정을 감추어야 하는 사이,
그런 사람들과는 점점 멀어지는 일만 남는다.

자기만족을 위해서
다른 사람의 표정까지 참견하는 마음은 뭘까.
무표정한 사람을 왜 냉소적이라고,
영혼 없는 사람이라고 치부해버리는 걸까.

모두가 늘 생글생글 웃으며 사는 건 아니다.
일상에서 가장 많이 짓는 표정은 무표정인데
내가 아닌 누군가가 아무 표정 없다 해서
기분까지 지레짐작해 어설픈 조언을 할 필요도 없다.

너와 내가 서로에게 일방적인 감정을 강요하지 않는다면,
무표정 속에 감춰진 다양한 감정선을 존중할 수만 있다면
조금 더 가까운 존재로 남을 수 있을 테니.

델리만쥬의 맛에 막상 실망해도

그 따뜻한 온기에 위로받는 것처럼,

의미 없는 나는 없어.

그러니까 너무 쉽게 나를 놓아버리지는 마.

나를 위한 감정

온화한 미소를 띠는 사람이 친절해 보이고,
환한 웃음을 짓는 사람에게 더 눈길이 가기 마련이다.

그렇다고 뚱한 얼굴을 하고 있는 사람이 무례한 것도
무뚝뚝한 얼굴을 하고 있는 사람이 배려가 없는 것도 아니다.

매일 만나는 사람에게 텅 빈 미소만 지어 보이는 사람도 있고,
자기 자신을 위한 감정 표현이 뭔지 모르는 사람도 있다.

우리에게 필요한 건
나를 위해 내가 지어 보일 수 있는 표정을 갖는 일,
다른 사람 눈치 보지 않고
나를 위한 감정만을 느껴보는 일이다.

어느 누구도

늘 웃고 있을 수는 없다.
늘 화난 표정을 짓고 있지도 못한다.
우리들의 마음에는 하루에도
수십 번 다른 바람이 스친다.

우리 모두가
웃고 싶을 때 웃고
울고 싶을 때 울고
화내고 싶을 때 화내고
소리치고 싶을 때 소리치며
지금이 아니면 제대로 느낄 수 없는
내 감정의 움직임을 솔직하게 받아들일 수 있으면 좋겠다.

내 옆의 누군가도
나처럼 흔들리고, 쓰러지고, 다시 일어나기를
거듭하는 사람이라는 걸 서로 알아차려준다면
아무리 표정 없는 얼굴이라도
누군가의 '어떤 기막힌 하루'를 읽어낼 수 있지 않을까.
그 모습 그대로를 좋아하고
존중할 수 있는, 그런 사람이 되어줄 수 있지 않을까.

오늘 하루는 어땠어?

오늘 하루는 어땠어?
별일 없었다고?
나름 괜찮았다고?

나는 조금 알 것 같아.
네가 아무렇지 않은 척 애쓰고 있는 거,
버거운 마음을 감추고 있는 거.
그래서 마음이 조금 아파.
네 마음 아무도 몰라준다고 생각할 것 같아서.

내가 조용히 뒤에서 응원해줄게.
이제 막 시작했다고 생각했는데 앞이 보이지 않을 때,
열심히 달리고 있는데 갑자기 넘어졌을 때,
힘내라는 말 한마디보다 더 큰 힘이 담긴 마음을
너에게 보내줄게.

아직 보이지 않을 뿐
끝이 없는 건 아니니까,
오늘 너의 하루를 말없이 바라봐줄게.
오늘 너의 하루에 숨은 그 마음을 읽어줄게.

흔들흔들 경쾌하게

바보 같아도 우스워도
나 좋으면 그만이지.

꾸밀 필요도 없고
시선을 신경 쓸 필요도 없어.
너의 보조개를 보고 싶어!
얼굴을 구기며 환히 웃는 네 미소가 보고 싶어!

엉덩이를 흔들고
팔을 휘젓고
스텝을 밟으면서
아무렇게나.

내 춤을 보고 뒤집어지는 네가 좋아,
네 눈 밑의 인디언 보조개가 좋아!

보이는 모습이 전부는 아니야

우리는 겉모습으로
오해를 하기도 하고
편견을 갖기도 하지.
사소한 오해의 틈이 벌어져
상처를 만들고 끝내 아물지 않기도 해.
너는 나를 보고 무뚝뚝하다고
말이 없다고 생각할지도 모르지만
내게도 겉보기와는 다른 모습이 있어.

쉽게 판단하지 말아줘.
가볍게 여기지도 말아줘.
보여주지 않은 모습 속에
진심이 있다는 걸
언제나 잊지 말아줘.

무슨 말을 하고 싶어?
내가 옆에서 들어줄게.
내가 제일 잘하는 게 바로
들어주는 거야!

말로 하지 않아도 가득한

말로 표현하기 어려운 순간들을 마주칠 때가 있다. 뭐라 딱히 이름 붙이기 힘든 순간들 말이다. 이를테면 해가 강 너머로 사라져가는 찰나에 하늘의 색깔과 아늑하고 따뜻한 카페의 문을 열었을 때 느껴지는 내음, 온몸 구석구석에서 느껴지는 이유 모를 간지러움… 이런 것들을 어떤 단어로 옮길 수 있을까?

하지만 표현보다 중요한 건 그 순간을 경험하는 것, 그 자체라는 생각이 든다. 이름을 붙이려 고민하면서 시간을 흘려보내는 것보다 있는 그대로 만끽하는 것이 그 순간을 온전히 기억하는 방법일 테니까. 하루하루 무언가를 정의하려 애쓰며 보낸다면 삶이 시무룩해질 것이다. 그것이 우리 마음을 더 가난하게 만들어버릴지도 모른다.

한때 나는 내가 접하는 모든 것에 그럴듯한 이름을 붙이려 애썼다. 필력 좋은 작가들처럼 멋지게 표현하지 못한다며 자책하기도 했다. 지금 생각하면 그럴 시간에 좀 더 많은 것을 온몸으로 경험했어야 하지 않았을까 싶다.

망설이거나 겁내지 않고 사랑에 다가가는 무모한 사람이었어야 했고, 고민하느라 시도조차 못 하고 후회하기보다 한계에 부딪혀보는 사람이었어야 했다. 내 삶이 지루하다고 별 볼 일 없다고 투덜대는 대신 무언가를 행동으로 옮겼어야 했다. 그랬다면 그 경험만큼 마음속 단어들이 풍성해졌을지도 모른다.

지금이라도 뭐든 해봐야겠다. 말로 딱히 표현할 수 없어도 그 순간을 내 안에 가득 채우며 살아보는 것이다.

내 느낌이 어떤지,
내 마음이 어떤지 돌아보는 시간,
어떻게 만들 수 있을까?

난 글을 쓰면서 오롯이 나에게 집중해.
그 시간만큼은 그 누구도
나의 휴식, 나의 세계에 침범하지 못하거든.

나라는 사람을 한 글자 한 글자 글로 써봐.
바쁜 일상을 잠시 쉬어갈 수 있을 거야.

누가 뭐라 해도

요즘 힘들었어.
왜 자꾸만 쓰러지는지.
왜 버티고 서 있기가 힘든 건지.

생각해보니 알겠더라.
다른 이들의 말에 신경 쓰고
별거 아닌 행동에 휘둘려
기운을 잃고 풀이 죽어버린 거였어.
지레 위축되어
스스로를 가두고 어려워했던 거였어.

한번 꺾인 마음을 회복하기란
얼마나 어려운지 나는 잘 알지.
바깥의 시선을 막아줄 보호막이 필요하지.

제대로 잘 살아가고 있는 나에게
나의 생각으로 지켜온 내 인생에게
기운을 불어넣어줄 사람은
나 자신밖에 없다는 것도 잘 알지.
그래서 누가 뭐라건,
나는 나로 활짝 피어날 거야.

침묵을 선택하는 이유

말보다 침묵을 선택하는 이유가 있다.

사랑한다는 말
고맙다는 말
미안하다는 말

그 말을 진심으로 받아들이기에
우리 마음은 너무나 분주하니까.

빗방울처럼 쏟아지는 말들에
모두 귀 기울일 만큼
한가하지 않으니까.

그래서 난 아무 말도 하지 않기로 했다.

손을 내밀고 어깨를 내어주고
그냥 한번 안아주려 한다.

손으로 고맙다고
어깨로 수고했다고
마음으로 사랑한다고
말해주려 한다.

소중한 사람의 마음에
조용한 휴식의 시간을
놓아주고 싶다.

물속에서 얼마나
오래 숨을 참을 수 있는지
친구들과 시합을 했어.

그땐 오래 버텨야
이기는 거라고 생각했지만
이제는 참지 않을 거야.

오늘은 숨을 쉴 거야.

가끔 숨 좀 쉬어가도 돼

"가끔 숨 좀 쉬어가며 일해.
모든 사람에게 완벽할 순 없어."

우연히 퇴근길에 만난 선배로부터 이 한마디를 듣는 순간,
덜컥 내 마음에 제동이 걸렸다.

그때의 나는 누구에게나 빈틈없는 모습을 보이려 애썼다.
눈치 빠르고 일 잘한다는 평가를 받고 싶어서
친절하고 착한 사람이라는 말을 듣고 싶어서
나를 부르면 바로 달려가고, 어떤 일이든 불만 없이 따라갔다.

그렇게 맹목적으로 달리다가
진짜 나를 위한 시간이 없어진 걸,
내 호흡을 잃어버렸다는 걸 몰랐다.
모든 사람에게 만점을 받으려다 나 자신에게 낙제점을 받았다.

세상 사람 모두에게 완벽해지려고,
내가 맡은 모든 일을 완벽하게 해내려고
자신을 밀어붙이고 주변의 속도에 맞춰가려 애쓰는 것이
때로는 내 삶을 더 무겁게 만든다.

남을 신경 쓰지 않고 내 속도를 유지하기 위해
일부러 느릿느릿 행동하는 것, 일부러 둔감해지는 것이
나를 지키는 방법이 될 수 있다.
한 박자 쉬어가면서 내가 회복할 시간을 벌어주기 때문이다.

때로는 바깥의 일에 무심해보기도 하고,
때로는 해야 할 일을 모르는 척 미뤄보기도 하자.

삶의 어느 면에서나 완벽한 사람이 어디 있을까.
일부러 둔감한 척하는 것이 해답이 될 수도 있다.

둔감해보자.

이제는 그러려니 하기로

날씨가 미쳐가는 것 같다.
봄인데 눈이 오질 않나,
겨울인데 따뜻하질 않나.

내 삶도 그런 것 같다.

종잡을 수 없고
준비할 시간도 없는 데다
예측은 어림도 없다.
미친 날씨처럼.

인생에는 기상청이 없어서
누가 갑자기 내 인생에 끼어들지,
어떤 일들이 덜컥 벌어질지
더 예상하기가 어렵다.

오늘은
미친 날씨를
온몸으로 맞아보기로 했다.

내가 인생의 날씨를 바꿀 수 있는 것도 아니니까,
모든 일을 내 뜻대로 조종할 수도 없으니까
오늘 하루 날씨가 어떻든
그러려니 내버려둘 생각이다.

비가 오면 우산을 펴고,
눈이 오면 털모자를 쓰고,
날이 개면 밖에 나가 햇볕을 쬐어야지.

날씨 때문에 전전긍긍하고,
미리 불안해하다가는
내 마음만 갉아먹히고 말 것 같다.
그래서 이제는 그러려니 하기로 했다.

세상일에 둔감해지고 싶어?
그게 바로 내 특기지!

불필요한 소음으로부터
내 마음을 지키는 힘이 필요해.

아무것도 안 하는 게 아니야

"너 안 바쁘냐? 멍하니 뭐하는 거야?"

"응? 아닌데?
내가 얼마나 알차게 시간을 보내고 있는데 그래."

"무슨 소리야.
너 지금 아무것도 안 하고 있잖아."

"나 지금 내 마음을 돌보는 중이야.
그동안 완벽한 척, 행복한 척하느라 너무 힘들었거든.
이젠 나도 귀찮다고, 우울하다고
열심히 표현하면서 살 거야.
내 마음보다 중요한 게 또 있겠어?"

인생은 비교할 수 없으니까

그렇게 사는 게 좋더라고요.
서로에게 힘이 되고 용기를 주며
인생을 두루뭉술 사는 게 좋더라고요.

남의 삶과 나의 삶을 비교하고
발버둥 치며 비참해지는 것보다
매일매일 나만의 행복을 발견하며
비할 데 없이 즐겁게 사는 것이 좋더라고요.

욕심은 불만을 낳고 부러움은 초라함을 부르니까,
버리지 못하고 불안해하는 삶보다
적당히 가진 것에 만족하고 웃을 수 있는 것이 좋더라고요.

복잡한 세상, 모든 것을 알 수 없는데도
두세 가지 더 알기 위해 집착하는 것보다

남보다 하나 더 안다고 으스대는 것보다
배움에는 끝이 없는 것을 인정하고
하나라도 더 알았음에 고마워하는 것이 좋더라고요.

결국은 그저 함께 걸어가는 것이,
서로를 다독이고 토닥거리며
무심한 듯 덮어주고 둥글게 사는 것이 좋더라고요.

세상 좋아 보이는 삶도
들여다보면 아픔이 있고 고통이 있는데,
내 인생만 부족하다고 탓할 필요 없이
서로를 위로하고 위로받으며
살아가는 거라 생각하는 게 좋더라고요.

좋은 마음은 좋게 돌아오고
나쁜 마음은 나쁘게 돌아오니
넉넉하고 따뜻하게 서로의 곁을 지켜주고
예쁜 마음 나눠주고 나눠가지며
그렇게 사는 게 좋더라고요.

담담한 고백

너를 위한 나의 마음은 생각보다 깊고 애틋한가 봐.
아무리 생각해봐도
너란 사람보다 더 사랑할 무언가를,
더 절실한 무언가를 찾지 못했거든.
너를 내 곁에 두려면 어떤 말을 해야 좋을까.
너를 사랑한다고, 네가 한없이 보고 싶다고,
너를 나의 꿈에서 찾아보겠다고 고백하고 싶었어.
하지만 바람처럼 스쳐갈 말을 내뱉기보다는
담담하게 마음을 전할 수 있다면…

아무 말 없이
눈으로 너를 바라보고,
두 팔로 너를 안아줄게.
내가 가진 것 가운데 가장 아름다운 것,
나의 온기를 너에게 전해줄게.

좋은 사람들을 만나면
나는 마음속 앨범에 저장을 해.
그리고 힘들 때마다 꺼내보지.
이렇게 좋은 마음을 가진 사람들이 있었다는 걸
잊지 않고 기억해두려고.

너를 좋아하는 마음 그대로

나는 왜 애써 너를 짐작했을까.

짐작 하나로
너를 너대로 보지 않고
내가 생각하는 대로 보게 되어
너를 잃었다.

짐작 하나로
네가 좋아하는 것을
나만의 방식으로 바라보아
너를 놓쳤다.

짐작 하나로
네가 원하는 것을
나 스스로 만들어

너를 떠나보냈다.

관계에서 짐작은 필요치 않다.
그저 내 마음 가는 대로
내가 좋아할 수 있는 한 마음껏
모든 걸 내어놓아야 한다.

내가 좋아하는 대로 마음을 표현했다면
아무 조건 없이 그저 사랑하기만 했다면
후회도 상처도 없었을지 모른다.

너를 좋아하는 내 마음은
짐작 하나 없이도
이렇게 알 수 있는 것을….

2

이
별
에
딱
하
나
있
습
니
다

혼자 떠나고 싶은 곳

시간이 조용히 흘러가는 곳으로
여행을 떠나고 싶다.

그곳에서 나는
완벽한 이방인.

나의 시간이 온전히 나를 위해 쓰이는 곳,
나를 피곤하게 만드는 것들로부터 벗어나
시간을 온전히 보낼 수 있는 곳.

이런저런 관계와 감정에 치여서
상처투성이가 된 나를,
고통스럽고 우울한 나날에서 헤어나오지 못하던 나를
투명한 강물처럼 흘러갈 수 있게 만들어주는 곳.
그런 곳으로 떠날 수 있다면…

그곳에서 내가,
세상에 단 하나뿐이라는 걸,
다른 누구와도 바꿀 수 없는 존재인
'나'라는 걸 느끼고 싶다.

어두울수록 빛나는 것이 있다

어두울수록
빛나는 것이 있다.

한낮에는 보이지 않던 별들이
어두운 밤에야 빛을 내며
반짝이는 것처럼.

태양은 눈이 부셔
바라볼 수 없지만
밤하늘의 별은 사막 한가운데서
작은 빛을 반짝이며 길잡이가 되어준다.

삶도
별과 같은 것일지 모른다.

지난한 일상에 드리운 그림자가
커커이 쌓여 우울했지만
깊은 어둠 속 어느 날
하나둘 예쁘게 반짝이기 시작할지도.

오늘부터 하나씩

이번 생은 글렀다고
다들 쉽게 말하지만
인생 2회차인 사람 있을까?
이번 생이 어떤 모습으로 끝날지
우린 알 수 없다.
지레 포기하고 손 놓지 말고
할 수 있는 것들을 해보자.
여름엔 냉면을, 겨울엔 딸기를 먹자.
한 정거장 먼저 내려 걷기도 하고
늘 다니던 길을 버리고 낯선 길을 가보자.
두 번째 생에서라면 이루고 싶었던 일들에
하나씩 도전해보자.
사소한 일이라도 괜찮다.
무엇보다도 먼저
오늘 밤, 다디단 잠을 자자.

△△△

시선이 머무는 곳

한밤중 책상 앞에 앉아
멀뚱히 천장을 올려다보았다.

문득
내 시선이 형광등에 머물렀다.
등 하나가 고장 나 있었다.
언제부터였을까.

우연한 발견에 괜히 슬퍼졌다.
불이 들어오지 않는다는 건
그 등이 죽어 있다는 의미다.
내가 눈길을 주지 않았다면
아마 계속 죽은 채로 있었을 것이다.
아무도 모르는 채로.

시선이 머무르는 곳에 생명이 생겨난다.

오랜 친구, 가족, 나의 소소한 일상들…

조그마한 관심으로 함께 살아갈 수 있었는데

내가 시선을 보내지 못해 죽어 있던 것들이 너무나 많다.

이제는

고독했을 나의 감정과

외로웠을 나의 마음에도

그 시선을 보내보기로 했다.

시선에는 무언가를 살릴 수 있는 힘이 있으니까.

아무것도 아닌 것은
아무것도 없어

어떤 하루는 멍 때리며 보낼 수 있지.
어떤 하루는 실수하며 보낼 수 있고
어떤 하루는 누군가를 실망시킬 수 있지.
어떤 하루는 내내 울 수도 있어.

하루하루가 네게 상처만 남긴 것 같아도
하나하나 네게 다른 무늬로 쌓였을 거야.

어떤 하루는 휴식을
어떤 하루는 성장을
어떤 하루는 홀가분함을.

아무것도 아닌 것은
아무것도 없다는 걸
우리는 잘 알고 있으니까.

난 사실 좀 더 멀리 가보고 싶어.

아주아주 멀리,

내가 나답게 빛날 수 있는 곳으로.

손에 쥐고 있는 것

버리면 가벼워진다고
마음이 정리된다고들 한다.

그런데 그게 잘 안 된다.
여간 힘든 게 아니다.

버리고 난 뒤에
아무것도 남아 있지 않을까 봐,
인생을 바꿔준단 마법의 공식이
내게는 통하지 않을까 봐,
오늘도 괜히 마음을 졸이며
남들의 말에 온 신경을 기울인다.

하지만 중요한 건 버리는 것보다
지금 내 손에 뭐가 있는지를 아는 것 아닐까?

섣불리 버리기 전에
내 마음이 원하는 것이 무엇인지 먼저
살펴보는 것.

오늘도 내 손을
거울처럼 가만히 들여다본다.

무엇을 놓아버릴 수 있는지
무엇을 더 담아두고 싶은지
내 마음에 물어보려고.

세상 모든 영화를 다 보는 게
꿈인 사람처럼
오늘은 영화만 볼 거야.

내 마음에 들어야 진짜 행복이지.
내가 하고 싶은 건 내가 정해.

우주만큼 아파도

왜 이렇게 풀리는 일이 없을까 생각한 적이 있어.
좌절은 나를 위해서만 있는 게 아닐까 의심했고
세상의 모든 나쁜 일은 내게만 쏟아지는 게 아닌가 무서웠어.

사람마다 감당할 수 있는 그릇의 크기가 다르대.
누군가에겐 먼지만 한 상처여도 내겐 우주만큼 아프지.
섣부른 충고나 위로가 날 더 다치게 할 때도 있어.

그래도 견뎌볼 거야.

평생 흔들릴 테고
자주 아플 테지만…
내 몫의 시간을 버텨보려 해.

세상이 더 만만해지거나
아픔이 더 작아지지 않을 걸 알아.
하지만
내 크기를 그만큼 키워갈 테니
내 몫의 상처는 내가 쓰다듬을게.

나 자신이 삶이 되는 거야

인생에서 가장 중요한 목표가 뭘까?
돈을 많이 버는 것?
크게 성공하는 것?

아니야.
저마다 다른 삶의 의미를 찾는 거래.

그럼 그 삶의 의미는
어떻게 찾아야 하는 걸까?

나 자신이 삶이 되면 돼.
내 삶 그 자체로 의미가 되면 돼.
남들이 어떻든 비교하지 않고
후회 좀 하더라도
살고 싶은 대로 살아보는 거지.

그게 가장 중요하지 않을까?

나로,

진짜 나로

사는 것.

△△△

내 마음을 어디에 쏠까

"또 어디 가려고? 우리랑 계속 있으면 안 돼?"

그날도 먼저 일어서려는 나를 붙잡으며 친구가 말했다. 나는 사람들 만나기를 유난히 좋아했고, 모임이 있으면 마다하지 않았다. 하루에 두세 개의 약속이 잡혀도 모두 가려고 했다. 많은 사람을 만날수록 인간관계도 성숙해질 거라고 생각했다. 나를 찾아주는 이가 많다는 것에 우쭐하기도 했다.

나는 모든 사람에게 '좋은 사람'이 되고 싶다는 욕심을 부렸다. 여러 모임에 참여하기 위해 내 일정을 포기하기도 했고, 남에게 잘 보이려 마음에 없는 말을 늘어놓기도 했다.

그런데 부작용이 생겼다. 사람들은 나를 끝까지 함께 있어줄 사람으로 생각하지 않았다. 잠시 자리만 채웠다 떠나는, 누구에게도 진심을 주지 않는 사람으로 여겼다. 내 욕심과 달리 인간관계는 점점 얕아지는 것 같았고, 그사이 내 마음은 조금씩 메말라갔다.

그러던 어느 날 술을 마시다 생각했다. '이 잔이 내 마음 아닐까?'

나는 너무 많은 이들에게 나의 잔을 나누어주고 있었다. 아무에게나 나의 소중한 마음을 내어주고 있었다. 마음의 양은 사람마다 정해져 있어서 모두와 나누기에는 부족하고 다 써버리면 바닥을 보이고 말 거라는 것을 알았어야 했다. 한정된 마음을 무언가로 채우지 않으면 금세 마르고 텅 비어버린다는 걸.

그래서 누구에게나 나눠주는 것은 그만두고, 나를 위해 마음을 쓰며, 늘 모자랐던 것을 채우기로 했다. 내가 좋아하는 것을 찾고, 아름다운 풍경도 보고, 맛있는 것도 먹고, 잠도 푹 자면서 그렇게 나라는 잔을 채우기로 했다.

내 사람이 아닌 사람들에게서 마음을 거두기로 했다.
내 마음의 잔을 내 사람에게, 내 마음에 쓰기로 했다.

내 마음이 가는 대로
내 마음이 끌리는 대로,
그 말 그대로 살 수 있다면 좋겠다.

온전히 나만을 위한 시간

우리는 살아남기 위해서 일을 하지.
좋아하는 일이건, 좋아하지 않는 일이건,
일단 일을 해야 먹고사니까.

그렇지만 살아가기 위해
일하지 않는 시간도 필요해.

그 시간을 온전히 나를 위해 쓸 수 있다면
그건 정말 축복받은 나날들일 거야.

생각해봐.
일하지 않는 시간에도 일을 생각하느라
힘들고 피곤한 하루를 보내고 있잖아.

그러니 살아남기 위해 일하지 말고,

살아가기 위해 일만 하지 말기를 바라.

일상 틈틈이
온전히 나만을 위한 시간을 만들어보는 거야.
잠시 따뜻한 차 한잔을 마시며 쉬기도 하고,
책상 앞에서 일어나 창밖으로 하늘을 보기도 하고.

나만을 위한 시간이
조금씩 조금씩 쌓이면,
또 하루를, 또 일주일을, 또 일 년을
버티는 힘이 되어줄 거야.

뭐 어때, 하고 넘기면 그만

나도 모르게 말실수를 할 때가 있다. 무슨 생각으로 내뱉었는지 나조차도 이해가 되지 않는 말이 입 밖으로 나올 때가. 상황에 맞지 않는 말, 속으로만 생각했던 말이 아무리 신경 써도 가끔 대화 중 무심코 튀어나오곤 한다.

그날도 여느 때와 다름없었다. 일 분마다 울리는 알람을 두세 번쯤 무시하다 간신히 몸을 일으켜 눈도 못 뜬 채 씻고, 꾸물꾸물 지하철에 올라탔다. 항상 하던 일이었는데 그날따라 왜 그렇게 힘이 들던지. 회사에 도착하자마자 자리에 앉아 나도 모르게 큰 소리로 한마디 툭 내뱉었다. "아, 힘들어 죽겠네." 순간 당황하고 말았다. 누가 들었으면 어쩌지? 부장이 이따 날 불러 뭐가 그렇게 힘드냐고 잔소리하는 거 아냐?

누가 물어보면 어떤 말로 둘러대야 할지 잔머리를 풀가동했다. 출근길에 웬 이상한 사람을 만났다고 해야 하나, 어제

저녁을 잘못 먹어 속이 안 좋다고 해야 하나… 별생각을 다 했다. 그런데 주위를 둘러보니, 사람들은 아무렇지 않게 업무를 준비할 뿐이었다. 내심 안심하면서도 그날 하루 종일 사람들이 속으로 무슨 생각을 하고 있을까 전전긍긍했다. 결국 참고 참다 옆자리 동료에게 퇴근길에 슬쩍 아침에 내가 한 말을 들었는지 물었다. 동료는 의아한 표정으로 되물었다. "그런 말을 했었어? 누가 기억하겠어?"

우리는 너무나 사소한 일에 연연하며 사는 것 같다. 작은 실수에 큰 스트레스를 받으면서. 다른 사람들이 내 행동을 어떻게 생각할까 눈치 보면서. 난 그럴 때 화가 밥 아저씨의 말을 떠올린다. "우리는 실수를 하지 않아요. 그저 즐거운 우연이 생기는 것뿐이죠."

얼핏 우리가 하는 실수는 뭔가를 망지키만 하는 것처럼 보이지만, 가끔은 어떤 가능성을 열어주기도 한다. 예상치 못한, 뾰족 튀어나온 순간을 맞이하는 거다. 거기에 상상력을 그려넣으면, 우리의 일상은 더 풍부해진다. 그러니까 실수는 우연이 되고 우리는 그걸 뭐 어때, 하고 넘기면 그만이다.

작은 실수가 떠올라 민망하고 창피할 때, 부끄럽고 후회될 때
슬레이트 치듯 손뼉을 짝 쳐봐.
별것 아닌데, 은근히 도움이 된다니까.
자, 됐어, *CUT!* 이번 장면은 *NG!*
그럼 다음 장면을 찍을 수 있는 거니까.

그런 밤이 오면

밤이 오면 나는 또 다른 나를 발견한다.
어둠이 깔리고
혼자 방 안에 앉아 있으면
별별 생각이 다 올라온다.

내가 그랬었나, 싶은 순간을 알까?
나도 모르는 나를 발견하는 시간.
갑자기 북받쳐 올라 엉엉 울거나
별것 아닌 일에 낄낄거리고,
낮에는 빨리 헤어지고 집에 가고 싶었는데
밤이 되니 그 사람의 목소리마저 그리운.

그런 밤이 오면
나를 다독여주려 한다.
그때 왜 그랬지, 하면서 이불을 걷어차는 것도
다음 날 분명 후회할 문자를 보내는 것도
앞이 너무 막막해 베개가 젖도록 우는 것도
모두 나니까.

지질하고 옹졸하고 궁색해도
그건 모두 나니까.

눈부신 햇살에 가려 보이지 않았던
내 모습을 마주 보고
속상했구나, 슬펐구나, 보고 싶었구나,
그렇게 다독여주려 한다.

나에게 보내는 인사

창밖을 보다
계절이 바뀌는 걸 알았다.

어제의 푸른빛은 온데간데없고
나뭇가지에 달린 잎들은
하나둘 떨어지고 있었다.

다음 계절이 오기 전에
안녕, 하고 인사를 건네봐야겠다.

계절은 얼어붙더라도
다정한 안부로 봄을 준비해야겠다.

계절이 지나도
기억하고 싶은,

나의 소중한 사람들과 함께.

안녕,
잘 지내고 있니?

나의 사랑, 나의 친구, 나의 가족

그리고 나.

나는 달이 되고 싶어.
내가 빛을 받아서 다른 누군가를 비춰주고 싶어.
어두운 곳에서 더 환하게 빛나볼래.

너만을 위한 글

이따금 쓸쓸하고 마음이 외로워질 때가 있다.
머릿속이 복잡하고 버티기 힘든 날도 있다.
오늘이 그런 날인지도.
너에게는.

언제나 함께할 줄 알았던 친구들은 연락이 뜸해지고,
유일한 내 편이라고 생각했던 가족과는 자꾸 부딪혀
세상에 혼자 덩그러니 남겨진 것 같은 날.

너에게 말해주고 싶다.
다들 잊고 사는 것 같아도
그들 마음 깊은 곳 어딘가에
너와 함께한 기억이 남아 있다고.
너의 자리가 남아 있다고.

너는 모르고 있겠지만
오늘 아침에도 태양은 너를 위해 떠오르고
차갑고 어두운 밤에도 별은 너를 위해 반짝이며
시간은 너를 위해 흐르고 있다고.

모두들 자기 길을 가는 중에도
이따금 뒤돌아서서 너를 향해 손을 흔든다.
보이지 않는 곳에서 너를 응원하고
따뜻한 마음으로 너의 행복을 기도한다.

오직 너만을 위한 글을 써보려 한다.
우울과 슬픔만 네 곁에 있는 게 아니라,
겨울밤 이불 속에서 널 기다리는 강아지의 온기처럼
마음을 녹여줄 무언가가 있다는 걸 보여주고 싶어서.

너는 누구와도 바꿀 수 없다.
그것만으로 행복할 자격은 이미 충분하다.
나에게 사랑받을 이유가 충분하다.

나는 외로워지기 위해
불행해지기 위해
이 별에 오지 않았어.

너와 함께 행복해지고 싶어.

이 별에 딱 하나 있습니다

나는 특별하고 고귀하며,
사랑받아 마땅한 존재라는 응원에 용기를 내곤 하지만
이내 움츠러드는 나 자신을 발견합니다.
내가 정말 특별한 존재인지,
나를 정말 그렇게 봐주는 사람이 있는지 의심하죠.

아마, 내가 나를 어떻게 생각하느냐보다
남들이 어떻게 생각하느냐에 더 관심을 가져서일 거예요.
자신의 감정을 아끼고 보살피는 것보단
타인이 나에 대해 어떤 생각을 하는지,
어떤 감정을 가지는지에
더욱 관심을 가지라고 배워왔으니까요.

진심이 담기지 않아도 배려하는 것이 좋다고,
상대의 감정을 먼저 살피고 자신의 감정은

숨기는 것이 좋다고 다들 이야기하죠.

그럼에도 불구하고
당신은 특별하고 고귀한 존재입니다.

자신이 특별한지 모르겠다면,
한번 생각해보세요.

당신이 태어나 이 세상을 살면서
온 우주의 역사를 돌아보더라도
지금껏 만난 사람들 중 당신과 똑같은 사람은 없었습니다.

우리는 각자가 이 별에서 하나뿐인 존재예요,
단지 나라는 이유만으로도 충분히 특별한 존재인 거죠.

기억하세요.
당신이라는 사람,
이 별에 딱 하나 있습니다.

너와 같은 삶

여기 이곳에 너와 같은 삶은 없어.
너만 가질 수 있는 삶이야.
내 말을 믿어줘.

피어나기를

세상에 인정받지 못하고
이리저리 흩어져버린 내 마음을
조심스럽게 손 안에 주워 담는다.
헝클어질 대로 헝클어져 아무리 주워 담아도
예전으로 돌아갈 수 없다는 건 잘 안다.
하지만 지나온 시간만큼 다시 자라날 거라 믿기에
쓴웃음을 삼키며 마음을 추슬러본다.

살아가다 어쩔 수 없이 만나는 힘든 순간들,
피해갈 수 없다는 걸 알면서도 피하고 싶은 장면들.
아무리 노력해도 소용없거나
절대 상황을 가늠할 수 없는 일들은
이제 인정해야 하지 않을까.
깨지고 무너질 마음들을 계속 다독여가며 살아야 하지 않을까.

세상에 누구도 타인과 완전히 똑같은 경험할 수 없으니,
같은 시간, 같은 장소, 같은 일이었다 해도,
부서지고 무너진 마음의 크기는 서로 다를 수밖에 없으니.
그 경험들이 차곡차곡 쌓여
세상에 하나뿐인 나라는 사람을 만든다고 생각하면 된다.
결국 그 시간들이
언젠가는 나를 위한 열매를 맺을 거니까.
나만을 위한 예쁜 꽃들이 피어날 테니까.

조금만 더 힘을 내볼까?
우리는 축복받아 마땅한 존재니까.

3

누군가를 바꾸지 않겠다는 결심

그거 하나면 충분해

꼬옥 안아줘
몸이 으스러지도록
두 팔 벌려 꼬옥 안아주면 좋을 것 같아.

그거면 충분할 것 같아.
그거 하나면 나 괜찮을 것 같아.

전부 다 이해할 수는 없어도
안아줄 수는 있어.

이렇게 부드럽고 튼튼한
두 팔이 있으니까.

평범하게, 안전하게?

쉽지 않다.
사람들이 정해둔
보통의 삶을 산다는 게.

다들 그렇게 말한다.
남들 하는 대로 하는 게
평범한 거라고, 안전한 거라고.

꼭 그렇게 나를 버리고
안전한 삶을 사는 게 좋은 걸까?

남들은 남들대로
나는 나대로
그럴 수도 있구나, 하고 살면 안 될까?

어차피 세상은 내 마음대로 되지 않고,
사람마다 하고 싶은 건 다르고,
같은 선택을 해도 다른 결과가 나온다.

좀 느긋한 마음으로 살고 싶다.
서로 눈치 보지 말고,
서로 무리하지 않으면서.

저마다 자기 방식대로 살아간다는 걸
인정해주는 것,
'나'를 버리지 않고 살아가도 괜찮다고
말해주는 것.

지금 내게 필요한 건
이런 것들.

나의 감정을 지키는 법

말 한마디에 상처받을 필요 없다.
나를 생각하지 않고 던진 이야기라면
가볍게 흘려듣거나 잊어버리면 그만이다.

어차피 내 인생에서 그런 말들이 차지하는 비중은
먼지처럼 작고 하찮다.
나를 생각하지 않는 사람들에게
소중한 나의 감정을 쓸 필요가 없다.

그러니 상처받을 필요도,
미워하거나 슬퍼할 필요도
전혀 없다.

인생에서 의미 있는 소중한 가치들을
무의미한 것들로 잃어버리면 안 되니까.

기억해.

너의 웃는 얼굴을 지키는 건
자신을 소중히 여길 줄 아는,
바위처럼 단단한 그 마음이야.

위로도 상처가 될 때

주위에서 해주는 위로의 말들이
전혀 위로되지 않을 때가 있어.
네가 겪은 상황, 감정에 대해
타인이 온전히 알 수는 없으니까.

위로에는 정답이 없어.
위안을 얻는 방법은 저마다 다를 거야.
너를 위로해주는 것이
따뜻한 말 한마디가 될 수도 있고,
말없이 옆에 있어주는 묵묵함일 수도 있잖아.

너무 답답하고 외로울 때면
누군가 네 마음에 딱 맞는 방식으로
위로해주기를 기다리기보다,
누군가 그런 마음을 알아주기를 바라기보다

지금은 마음을 털어놓을 친구가 필요하다고
먼저 말해보면 어떨까?

혹시 어느 무엇도
위로가 되지 않더라도 괜찮아.
네 마음을 알아달라고 말하는 순간,
이미 마음 한편이 편해질 테니까.

마음을 들키는 것 같아서 싫다면
나한테만 살짝 털어놔볼래?

내가 조용히 들어줄게.
아무 판단도 하지 않고,
아무 편견도 갖지 않고,
네 옆에 조용히 있어줄게.

네 마음이 가벼워지는 만큼
네 얼굴이 편안해지는 만큼
내 마음도 행복해질 거 같아.

누군가를 바꾸지 않겠다는 결심

누군가 널 미워한다고 해서
힘들어하거나 아파할 필요 없어.
네가 잘못한 것도 아니잖아.
미워해달라고 부탁한 것도 아니잖아.

네 의지대로 할 수 있는 게 아냐.
네 마음대로 움직일 수 있는 게 아냐.
할 수 없는 일에 휩쓸리지 말자.
어쩔 수 없는 일에 흔들리지 말자.

미움은 잠시 지나가는 소나기와 같으니
미움이 오면 잠시 피할 곳을 찾아보자.

미움에 주의를 기울일수록
몸도 마음도 지쳐갈 뿐이야.
그러려니 하고 일단 내버려둬.

미움 따위
네가 상관할 일이 아니니까.
누군가의 마음을 애써 바꾸려 하지 않아도 돼.

보이지 않지만
생각은 하고 있다

미국 콜로라도 덴버에서 몇 달간 홈스테이를 한 적이 있다.
내가 머무른 곳은 방이 여섯 개나 있는 큰 집이었다. 주인
은 나이 지긋한 할머니였는데 자식들이 독립하자 사람 사
는 냄새를 맡고 싶어 홈스테이를 시작했다고 했다. 처음 그
집에 도착한 날, 할머니는 나를 지하 끝 방으로 안내하더니
그곳이 내 방이라고 알려주었다. 그 짧은 찰나에 여러 생각
들이 떠올랐다. 동양인이라서 그런가, 가난해 보여서 그런
가… 그런 언짢은 생각들 말이다. 하지만 소심한 마음에 왜
하필 지하에 있는 방을 주는 건지 물어보지도 못했다.

며칠이 지나고 주인 할머니가 내 방으로 찾아와 같이 영화
를 보지 않겠냐고 물었다. 흔쾌히 보겠다고 하고 거실로 나
갔는데 놀랍게도 지하의 거실이 포근한 영화관으로 바뀌어
있었다. 잘 알 수 없는 로맨스 영화를 보고 난 뒤 할머니는
간식을 내어주며 집이 익숙해졌냐고 물었다. 그러고는 짐을

풀 시간이 있어야 할 것 같아 며칠 편히 내버려두었다며 내게 지하 끝 방을 준 이유를 설명해주었다.

할머니는 영화를 좋아하는데 일층에서 자기가 내내 TV 앞에 있으면 내가 마음 편히 이용하지 못할 것 같아 지하에 큰 TV를 가져다 놓았다고 했다. 무엇보다 지하 방은 화장실을 단독으로 쓸 수 있고, 아들들이 쓰던 스포츠 장비들도 있으니 하고 싶은 운동도 맘껏 하면 좋겠다는 생각에 집에서 가장 큰 공간을 내어주었다는 것이다.

이야기를 들으면서 할머니가 나를 위해 얼마나 고민했는지 알 수 있었다. 그곳에서 지내는 동안 주인 할머니는 내가 타지 생활에 잘 적응할 수 있도록 많은 도움을 주셨다. 조용하지만 살뜰하게 챙겨주실 때마다 나를 배려하는 그분의 마음이 느껴져 할머니의 기억은 아직도 따뜻하게 떠오른다.

보이지 않는 배려는 사람을 감동시킨다. 상대가 어떻게 지내면 좋을지, 그에게 좋은 가치가 무엇일지 고민하고 생각하는 것 자체가 그 사람을 위해 시간을 쓰는 일이기 때문이다. 우리는 서로에게 좋은 의미로 다가가야 한다. 스스로가 선입견을 만들어 누군가의 배려를 함부로 오해하지 않는지 생각해보아야 한다.

우린 모두 인생에 서툴러.

그러니까 서로에게 남이 되지 않기로 해.

진심이라는 선물을 나누기로 해.

물들어가는 사이

계절은 나도 모르는 사이에 흘러간다.
다만 아주 조용히 내 안에 무언가를 남겨둔다.

계절처럼 너도
내 안에 조용히 스며들면 좋겠다.
내게서 문득 너의 모습을 발견하고
네 곁의 내 모습이 아주 자연스러웠으면.

봄에는 풋풋한 기쁨을,
여름에는 시원한 활기를,
가을에는 느긋한 여유를,
겨울에는 따뜻한 마음을 주고받으며
계절처럼 그렇게 서로에게 물들어가면 좋겠다.

우리 둘 사이에 특별한 색깔을 남겨두면 좋겠다.

힘을 빼야 자유로워진다

관계라는 게
내 마음대로 되지 않는 것 같다.
기대면 버겁고,
밀어내면 돌아오기도 하는 걸 보면.

금방 끝날 거라 생각한 사람과 오래 만나고,
평생 갈 거라 생각한 사람과 어이없는 이유로
틀어지기도 한다.

참 이상하다.
욕심을 내려놓을수록 마음이 편해지고,
연연할수록 잃는 게 많아지니.

관계야말로 힘을 빼야
자유로워질 수 있는 것 아닐까.

수영을 할 때 몸에 힘을 빼야
물 위에 둥실 떠오를 수 있는 것처럼.

그래서 오늘은
그럴 수도 있구나, 하고 생각해보려 한다.
그 사람이 왜 내 뜻대로 해주지 않는 걸까,
집착하고 매달리지 않으려 한다.

수영을 하는 것처럼
그 사람과 나 사이에 적당한 간격을 남겨두고 싶다.

둘 사이의 거리를 존중한다는 것

사람과 사람 사이에는 공간이 필요하다. 아무리 친한 사이라도 거리가 너무 가까워지면 부담스럽다. 너무 가까이 다가가 그 사람의 모든 것을 알려고 들면 마음이 열리기는커녕 벽이 생기는 경우가 더 많다.

아무리 친하더라도 서로의 마음을 백 퍼센트 이해할 수 없는 것과 마찬가지다. 세상 사람들의 얼굴이 다양한 것처럼 우리 마음의 모양도 제각각 다르기 때문에 누군가의 마음을 완전히 파악하고 소유할 수 없다. 지나치게 밀착된 관계는 도리어 숨 쉴 공간을 없애버리고 만다.

힘든 일을 겪은 친구가 있을 때 그의 마음을 다 안다는 식으로 위로의 말을 건네거나, 아픔을 함께 이겨내자며 부담을 주는 사람들이 간혹 있다. 그러나 친한 친구일수록 그에게 충분히 혼자만의 시간을 내주어야 하고, 바닥을 치고 다시 올라올 수 있는 여유 공간을 만들어주어야 한다. 너무 가까이에서 모든 것을 공유하려 들면, 발 구르기를 할 틈조차 없어 제자리에서 발버둥 치게 될지도 모른다.

우리의 마음은 집과 같아서 너무 많은 것이 채워져 있으면 어지럽고 부담스럽다. 서로가 마음 놓고 쉴 수 있는 여유, 마음 편히 움직일 수 있는 공간을 마련해주어야 한다.

친구를 진정으로 아낀다면 두 사람 사이에 약간의 거리를 남겨두는 것이 필요하다. 그만의 시간을 존중해주는 것이다.

그래야 안아주려는 내 두 팔이 보이고
기대어 쉴 수 있는 내 어깨를 알아챌 수 있을 테니.

말없이 너의 등 뒤를 바라보는 시간,

내가 너를 만나는 가장 고요한 시간

세상의 온도가 1도 따뜻해지는 것 같아.

지금 가장 노력해야 할 일

쉬는 것이 답일 때가 있다.

복잡한 인간관계에 지칠 때,
주위를 정리하는 것마저 귀찮아질 때,
모든 것이 내 손에 잡히지 않을 때
굳이 전부 잡으려 하지 않아도 괜찮다.

마음의 신호에 귀 기울이자.
그저 쉬는 것이,
그저 내버려두는 것이

지금 가장 노력해야 할 일.

적당히 살 만한 하루

적당한 하루라 좋았다.
그런 하루를 보냈다.

퇴근할 무렵, 회사 선배가 저녁을 같이 먹자고 했다. 평소에
는 두말없이 선배를 따라나섰지만, 그날은 선배에게 솔직하
게 말했다.
"별로 먹고 싶지 않아요."
막상 말하고 나니 선배의 반응이 걱정되었다. 내게 화라도
나진 않았을까. 기분이 언짢지는 않을까. 혼자 눈치를 보고
있었는데, 선배가 말했다.
"그럼 그냥 집에 가자. 나도 덕분에 일찍 퇴근해야겠다."
아마 선배도 피곤하지만 오랜만에 저녁이나 사줘야겠다는
생각으로 물어본 것이었을지도 모른다. 솔직하게 말해준 내
대답이 오히려 고마웠을지도 모르고. 그래서일까, 선배의
"덕분에"라는 말이 어쩐지 고맙다는 말처럼 들렸다.

집으로 와서 옷가지를 아무렇게나 휙휙 던져두고 소파에
몸을 뉘었다. 일찍 퇴근했으니 저녁시간을 무언가로 채울
수 있었겠지만, 전혀 그러고 싶지 않았다. 아무것도 안 하고
싶은 날, 세상에 나라는 존재는 없으니 귀찮게 하지 말고 그
냥 내버려두라고 외치고 싶은 날. 딱 그런 날이었다.
소파에 누워 가만히 있었다. 정말 아무것도 하지 않고 오랫
동안 멍하니. 그래서 적당히 행복했다. 그것만으로 머리가
맑아졌다.

그렇게 적당한 하루를 보내는 날이 있다.
적당히 쉬고, 적당히 감정 표현도 하며,
적당한 위치에 나를 세우는 하루.
그 속에서 나만의 일상이 만들어진다.

타인의 간섭이나 부탁, 필요로 돌아가던 시간들을
잠시 내버려두고, 나 하고 싶은 대로 하는 나만의 하루.
그런 적당함이 하루를 살 만하게 만들어준다.

적당한 거리가 필요한 순간은
누구에게나 있어.

그 거리를 지켜달라고 하는 건
절대 이기적인 게 아니야.

사실은 나에게 해주고 싶었던 말

"별일 없어? 요즘 힘들다며?"
"좋을 때도 있고 나쁠 때도 있는 거지, 기운 내."
"내가 도울 일이 있으면 언제든 말해."
힘들어 보이는 친구에게 응원의 말을 건넸다.
괜찮아, 잘하고 있어, 좋아질 거야, 이런 말들이
친구의 마음을 든든하게 지켜줄 방어막이 되길 바라면서.

세상에는 좋은 말들이 참 많다.
사랑한다, 고맙다, 감사하다, 좋다, 기쁘다, 귀하다…
이렇게 좋은 말만 하기에도 부족한 시간인데
가끔 우리는 말로 서로의 마음을 할퀸다.
물론 듣기 좋고 긍정적인 말이
늘 좋은 결과로 이어지는 것은 아니다.
겉으로만 그럴듯한 말 때문에 마음의 상처를 받기도 하고
감당하기 힘든 책임과 부담을 떠안기도 한다.

하지만 그 안에 진심이 담겼다면
적어도 상대를 실망시키지 않는다.
더 나빠질지도 모르는 상황을 견뎌낼 수 있도록
듣는 사람의 마음에 기운을 불어넣어줄 테니까.

사실 친구에게 건넸던 말들은
모두 나 자신에게 해주고 싶은 말이기도 했다.
친구의 모습이 나의 모습처럼 보였고
내가 힘들 때 누군가 내게 그런 말을 건네주길 바라면서.

진심을 담은 말은
결국 말하는 이에게도 힘이 되어준다.
말을 건넨 사람의 입에 남아 있는
그 마음의 흔적만큼.

유명한 사람의 입에서 나올 법한 근사한 말이 아니어도,
아주 보잘것없거나 거친 한마디라도
서로의 무탈함을 바라는 마음이 느껴진다면
세상에 하나뿐인 문장으로 소중히 기억될 것이다.

내 머리가 커서 앞을 가린다고
코끝에 하얀 우유 거품이 묻었다고 놀려도
우린 마주 보며 웃을 수 있어.

그 순간을 다시 살아

우연히 옛 사진을 발견할 때가 있다. 이사를 가거나, 분위기를 바꿔볼 생각에 책상 정리를 하거나, 오랫동안 쓰지 않던 물건을 찾으려고 구석진 창고를 뒤지던 중에 우연하게도. 마치 숨겨놓은 줄도 몰랐던 보물찾기 쪽지를 찾는 것처럼 말이다.

사진들은 꼭 내가 잊고 있던 기억을 되돌려놓고 싶어서 나타나는 것 같다. 지금보다 볼살이 통통하고 어쩐지 어색한 표정으로 정면을 보는 내 사진이 나오기도 하고, 시차가 반대인 나라로 처음 여행을 떠났을 때 찍은 사진, 혹은 지금은 연락이 끊긴 친구들과 함께 있는 사진이 발견되기도 한다.

사진들을 보면 이런저런 생각들이 떠오른다. 그때의 나와 지금의 나는 얼마나 달라졌을까, 여행 중에 들렀던 가게는 그대로 있을까, 같이 사진을 찍었던 친구들은 지금 무얼 하며 어떻게 지내고 있을까… 나와 함께했던 이들이 사진과 사진 사이에 비어 있는 시간 동안 한 번쯤 그때를 기억해준다면 얼마나 좋을까. 내가 그렇듯이 그 순간을 떠올리며 웃어준다면.

돌아보면 누군가와 함께했던 날들은 기억 속에 늘 고운 빛깔로 남아 있다. 나와 함께 울고 웃었던 사람들의 표정에서 빛나는 순간들을 엿볼 수 있기 때문일 것이다. 그때는 아주 사소한 일에도 큰 의미를 부여하며 살았던 것 같다. 그래서 모든 것이 기억할 만한 일들이었고, 시간이 지난 후에도 몇 번이고 돌려보고 싶은 추억으로 남았다.

참 신기하다. 짧은 순간의 기록이, 빛처럼 지나간 시간이 그토록 오래 살아남아 삶을 지탱해주다니. 사진 속 사람들의 미소는 항상 내 마음에 잔상을 남긴다. 사실 난 그걸로 충분하다. 그들이 날 떠올리지 않더라도, 내가 떠올리며 그 순간을 다시 살 수 있으니까.

너를 향한 기분

한동안 잃어버렸던 나의 삶을
너로 인해 찾은 기분.

한참 동안 찾아다녔던,
메말라 부서져버렸던 내 감정이
너를 통해 살아난 기분.

눈부신 햇살에
눈을 찌푸리며 피하기보다
눈썹 한 올 한 올 햇살 가득 받으며
따뜻함이 샘솟는 기분.

너를 생각하면 부끄러워 몸을 감추는
저녁노을처럼 빨갛게, 마음이 설레는 기분.

너와 내가 만나는 순간들.

네가 나를 끌어당기고,

내 시간을 온통 물들여서

바다에 뛰어들 듯 풍덩 빠져버린 기분.

이 모든 게

너를 향한 기분.

나는 어른이 되지 않기로 했다

내 스스로 어른이 되었다고 느낀 적은 없다. 그런데 누군가가 정해놓은 숫자 때문에 어느 순간 덜컥 어른이라는 틀에 갇혀버렸다. 그 숫자가 안겨준 부담감은 생각보다 훨씬 컸다.

'이제 어엿한 성인'이라는 꼬리표가 붙은 순간부터 학점, 토익, 연봉에서 가장 높은 숫자를 목표 삼아 달리고, 그 목표를 이루기 위해 노력하는 것이 당연해졌다. 뒤돌아보면 그때는 조금, 아니 사실 많이 아쉬울 정도로, 가장 높은 숫자를 얻는 데에만 매달려 살았다.

그 모든 시간이 후회되는 것은 아니다. 하지만 마치 다른 선택은 불가능한 것처럼 숫자에 얽매였던 그때의 나 자신이 안타깝다. 정작 그 숫자들은 내 삶과 크게 상관이 없었다. 학점과 토익 점수가 나의 가치를 결정한다고 배웠지만, 그 숫자들을 따라서 내 삶의 가치까지 높아지진 않았으니까.

어른이라는 직급은 어떤 사람으로 살지 증명해보라고 세상이 나에게 요구하기 위한 핑곗거리로만 느껴진다. 내가 내 삶을 책임지기 위해서 정말로 필요한 건 그런 것들이 아니었다. 나 자신에 대해 알아가는 것, 내가 무엇을 좋아하는지, 무엇을 정말로 원하는지를 하나하나 발견해가는 것이었다.

어른이라는 틀에 갇혀 숫자가 최고의 가치라고 고집하며 뭐든 다 아는 척, 잘하는 척하면서 살고 싶지 않다. 그러니 나는 아직 어른이 아니다. 어른이 되어야 한다고 생각하지도 않고, 되고 싶지도 않다. 인생에서 숫자보다 더 중요한 것이 무엇인지 내 속도를 따라서, 내 방식대로 찾아가고 싶다.

어른인 척 애쓰느라 시간 낭비하는 대신 아이처럼 현재에 충실하고 싶다.

시간이 하는 일

시간이 우리를 위해 하는 일은
그저 흘러가는 것뿐이다.

오늘도 내일도 같은 속도로 흐르며
우리의 피부를 거칠게 만들고
우리의 다리를 무겁게 붙잡으며
조금씩 늘어가는 나이에 한숨만 더 불러올 뿐.

바로 지금 용기 내어
무언가를 하지 않는다면
시간은 조금도 아랑곳없이
계속 흘러가기만 할 것이다.

시간은 그렇게
쉬지 않고 자기 일을 해나가는데

나만 가만히 있을 순 없다.

다른 누가 아닌
내가 좋아하는 것을 찾아야지.
나의 감정에 충실하며
내가 정말 원하는 것을 알아가야지.

편안한 사람 곁에 머물며 쉴 수도 있고,
마음속에만 담아두었던 곳으로
여행을 떠날 수도 있다.

어차피
시간은 멈춰 있지 않으니
시간을 나의 것으로 만드는 수밖에.

힘차게 나아가며
일상 속 나의 시간을
내가 사랑하는 일들로 채울 수밖에.

맞아, 우리는 약해.
하지만 매일 한 걸음씩 걷다 보면
겨울이 가고 또 여름이 오겠지.
눈부신 햇살 아래서 그렇게 웃을 수 있겠지.

반짝반짝 빛나는

우리는 마음속에
나만을 비춰줄 별 하나를 품고 살아야 한다.

그 별 하나에 기대
지친 하루를 보상받을 수 있어야 한다.
그러지 못하면 마음이 힘없이 무너져
내 삶을 지탱하지 못하고 깊게 멍들 수 있다.

그 별이
책이거나,
음악이거나,
장소이거나,
누군가이거나,
그 무엇이어도 상관없다.
지쳐 있던 날들에 위안 삼을 만한

그 무언가가 나의 별이 되면 된다.

그 별에서
내가 치유되길 바란다.
텅 비어 있던 마음을 온전히 채우길 바란다.

세상에서 오직 나만을 비춰줄
딱 하나밖에 없는 그 별에서
내가 나에게 다정히 미소 짓길 바란다.

나의 별에서
빛날 수 있는 존재는 나 하나뿐이니
내가 원하는 만큼
반짝반짝 빛날 것이다.

그렇게 그 안에서 나다움을 찾을 수 있기를.
온 마음을 다해.

4

내
곁에

있어
줘

텅 빈 마음을 무엇으로 채울까?

그런 기분이 들 때가 있었다.
내 안이 바닥까지 텅 빈 것 같고,
내가 세상에 존재하지 않는 것처럼 느껴지는 때가.

바다 밑바닥까지
가라앉아버린 것 같은 절망감에
눈앞이 캄캄해지곤 했다.
어디에도 속하지 못하는
허탈함을 채우려 발버둥 치다 보면
다른 사람들은 왜 그리 즐겁고 행복해 보이는지…

아무렇지 않은 척, 괜찮은 척
조용히 앉아 있었지만,
사실은 누군가 내게 손을 내밀어주길,
먼저 말 걸어주길 기다리고 있었다.

그때 네가 나한테 다가왔다.
말없이 무심한 듯 건네준 작은 선물,
단 3초 만에 내 마음속 밑바닥까지 따뜻해졌다.

마음속 헛헛함은
내 힘으로 채워야 한다고 생각했는데…
너의 온기로 공허함이 머물 공간이 줄어들었다.

마음의 공허함은
채우는 것이 아니라 그저 열어두는 것,
누군가의 작은 호의를 자연스럽게
받아들일 준비를 하는 그런 상태가 아닐까.

알려줘서 고맙다.
공허함의 끝은 스스로 정하는 거라는 걸,
내 마음에 빛을 들이도록 준비하는 거라는 걸.

이제 나도 다른 사람에게
작은 호의를 건네는 연습을 해보려 한다.
더 늦기 전에.

삭막한 세상에서
너는 오아시스 같은 존재.
네 말 한마디에
내 마음에는 이미
촉촉한 단비가 내리고 있어.

우리가 함께 있다는 건

그런 기분 알아?

소복하게 쌓인 눈 위로
몸을 던져 눈 안에 폭 싸여 있는 기분.

모든 게 꽁꽁 언 추운 겨울에
몽실한 털목도리에 감겨 있는 기분.

포근한 침대에 누웠는데
나도 모르는 사이 사르르 잠드는 기분.

따뜻하고,
아늑하며,
편한 기분.

그런 기분이야.
우리가 함께 있다는 건.

잘하고 있다고 말해줄 사람

학교에서 가장 먼저 배운 것이 비교였다. 시험이 끝나면 등수대로 명단을 확인하고, 성적에 따라 상담 순서를 정했다. 졸업 후에도 비교는 내 인생에 끈질기게 영향을 미쳤다. 특히 취업을 준비하던 시절에는 나보다 우월한 사람들을 보면서 열등감에 시달렸다. 다양한 방면으로 자존감을 키우는 방법을 찾아보기도 했다.

나만 그런 건 아니었다. 주변 사람들만 봐도 다들 이런저런 방식으로 사회에서 해결해주지 못하는 불안을 스스로 치유해보려고 애를 썼다. 그런데 나를 비롯해 많은 이들이 정작 중요한 사실 한 가지를 떠올리지 못하는 것 같다. 우리는 항상 불안하고 위태롭지만, 사실 모두가 성장의 과정을 겪었다는 것, 누군가의 보호나 도움 없이 아무것도 할 수 없는 연약한 시절을 무사히 거쳐왔다는 것 말이다.

갓난아이는 자기 혼자서 아무것도 할 수 없다. 할 수 있는 것은 오직 우는 것뿐. 곁에 있는 누군가의 도움과 애정을 받으며 성장한다. 물론 수많은 시행착오를 거친다. 밥을 먹기 위해 숟가락을 만지작거리지만 먹는 것보다 흘리는 게 훨씬 많고, 옷이며 바닥까지 온통 지저분해진다. 그럼에도 시도하고 노력하고 있다는 사실만으로 응원을 받는다.

어른이 된 우리에게도 이런 보살핌이 필요하다. 마음의 보살핌 말이다. 하지 못하는 것이 많아도, 시도했다는 사실만으로, 노력하고 있다는 사실만으로 잘했다고, 잘할 거라고 격려받아야 한다. 남들의 평판이나 쓸데없는 비교에 몰두할 필요 없다. 체면이나 겉치레는 벗어던지고 아이 같았던 마음을 되찾아야 한다.

그렇게 응원해줄 사람이 없다고? 이제 스스로에게 잘하고 있다고 말해줄 사람은 나 자신이다. 지금까지 잘해왔다는 걸 알아줄 사람도 나 자신이다. 어른이 되었어도 세상은 여전히 불안하고 어디에서 무슨 일이 벌어질지 알 수 없으니, 우리는 자신을 그렇게 응원해주어야 한다. 난 잘해낼 수 있을 거야, 내가 이렇게 지켜봐줄게, 하고.

난 사랑받아 마땅한 사람,

난 참 예쁘고 아름다운 사람,

누구보다 용기 있고 멋진 사람.

내가 그렇게 믿지 않으면

어느 누가 믿어주겠어?

당신의 오늘을 묻다

요즘은 인사를 하기 전에 생각이 많아진다. 인사를 했을 때 이 사람이 어떻게 받아들일까, 다른 꿍꿍이가 있다고 생각하면 어쩌나… 굳이 생각하지 않아도 될 온갖 이유들을 가져다 붙이게 된다. 어쩌면 인사를 하지 않을 구실을 만들고 있는지도 모르겠다.

그런데 주위의 나이 지긋하신 어른들을 보면 다시 어린아이로 돌아가는 것 같다. 어디서든 모르는 사람에게 웃으며 인사를 하고, 사는 이야기들을 거리낌 없이 꺼내시곤 한다. 지하철에서만 봐도 그렇다.

"아이고, 어디 갔다 오십니까."
"여기 앉으세요. 짐이 많으시네요."
"오늘 날씨가 참 춥지요."

인사라는 것이 꼭 "안녕하세요"라는 말에 국한될 필요는 없는 것 같다. 그저 그 사람의 상황을 물어봐주는 것, 지금 그 사람의 기분을 나도 느끼고 있다고 공감해주는 것, 힘든 사람에게 도와주겠다는 말 한마디를 건네는 것도 모두 인사가 될 수 있을 테니까.

나는 왜 인사를 한정된 의미로만 생각했을까. 누군가를 만났을 때 그에게 약간의 관심을 기울이는 말을 건네는 것만으로도 주위를 충분히 따뜻하게 할 수 있을 텐데.

"시간 내주셔서 고맙습니다."
"인상이 참 좋으시네요."

이런 짧은 인사만으로도 뾰족하게 날이 서 있던 마음이 누그러지기도 한다. 그렇게 조금은 둥글둥글하게 관계를 이어나가면 좋겠다. 사람을 만날 때 다른 것은 생각하지 않고 편하게 미소 지으며 인사든, 안부든 물어보는 것이다. 그저 상대방의 오늘을 묻기 위해서.

사람의 표정은 누군가를 살리기도 하고 죽이기도 한다. 지금 우리가 보이는 미소는 누군가를 살리는 일일지도 모른다. 친절한 인사로 안부를 묻는 것이 누군가를 둥글둥글한 삶으로 끌어올리는 일이 될 수도 있는 것이다.

그저 묵묵히 옆에서 보여주는 미소 하나가, 지금 이 순간 상대에게 건네는 안부 하나가, 사람들이 서로 어울리며 살아가도록 힘을 북돋아줄 수 있다.

오늘 만날 친구에게 미소와 함께 이런 인사를 건네보면 어떨까? "널 만나러 여기까지 오는 길이 참 좋았어!"

여행을 다녀왔다는 친구에게
딱히 궁금하지도 않으면서 물어봤다.
"좋았어?"라고.
그 친구는 오히려 나에게 되물었다.
"좋았던 것은 너무 많지.
사람도 좋았고, 날씨도 좋았고, 풍경도 좋았고…
뭐부터 이야기해줄까?"

그 말에 나도 모르게 자세를 고쳐 앉았다.
마치 '너에게 들려주고 싶은 이야기가 정말 많아'라는
얘기처럼 들려서.

친구는 하나하나 이야기를 풀어나갔다.
자기가 가보았던 형형색색의 장소들,
우연히 만났던 사람들, 느꼈던 감정들까지.

여행 속 그 자리, 그 순간으로 나를 데려갔다.

애써 설명하고 묘사하는 것보다
한번 보는 것이 낫다고들 하지만,
그 순간 내가 느끼는 감정은 달랐다.

눈을 감고 진심으로
그 사람이 되어보는 것,
그 자리에 함께 있어보는 것,
그 순간의 기분을 공유하는 것,
공감이란 이런 게 아닐까.

말하는 것이 항상 답이 되지 않고,
보이는 것이 늘 진실이라 할 수 없다.
하지만 그 짧은 시간 동안 친구와 공유한 감정만큼
확실한 것은 없었다.

그날 내가 친구의 눈을 통해 보았던 장면들은
아직도 내 마음속에서 빛나고 있다.

이름을 부르면 떠오르는 기억

그냥 내 이름을 불러주는 사람이 얼마나 될까.
아무 이유 없이 이름만 부른 적이 언제였을까.

네가 내 이름을 불러주어 고맙다.
이름 붙여지지 않은 것이 더 많은 세상에서
이름이 있다는 것에 새삼 살아 있다는 생각이 들어 기쁘다.
나를 불러주는 누군가가 있다는 사실에 온기가 느껴진다.

너에게도 이름이 있다는 걸 말해주고 싶다.
너는 이름이 있는 사람이다.
너의 이름을 누군가가 불러주면서
사랑하고 아껴주고 관계를 맺을 수 있는 존재가 된다.

누군가 불러주는 그 이름 안에 많은 것들이 담긴다.
함께 놀자며 나를 부르던 친구와의 기억,

따뜻한 밥상 앞에서 나를 기다리던 어머니의 기억,
수줍게 내 얼굴을 바라봐주던 연인과의 기억.

오늘 나는 너의 이름을 불러본다.
너의 눈빛과 손짓, 말들을 차례대로 떠올린다.
그 순간 너는 다시 내 안에서 살아난다.
이름을 부르는 동시에 그 모습이 선명하게 색을 띤다.

네 곁을 잠시만 빌릴게

나 좀 안아주면 안 될까.
생각보다 많이 힘들었거든.
이렇게 지친 하루가 될 줄 정말 몰랐거든.

난 강한 사람이라고 생각했는데
그 어떤 상황에서도 버틸 수 있다고 믿었는데
오늘 나라는 사람은 무너져버렸고
비참한 마음으로 하루를 보냈어.

옆에 있어줄래?
손잡고 온기를 전해줄래?
너 없이 버틸 자신이 없으니
하루를 견뎌낼 힘이 없으니
나를 위해 네 곁을 잠시 빌려주면 좋을 것 같아.

세상의 모진 말들에 상처받고
싸늘하고 차가운 눈빛에 무너지는 일상 속에서
나약한 나를 일으켜줄 사람이 너였으면.

그렇게 옆에서
조용하고 포근하게 있어줘.
혼자 감당하기 힘든 하루였기에
외롭고 불안했던 날이었기에
그냥 아무 말 없이 안아주면
힘들었던 것도 모두 사라질 것 같아.

그럴듯한 한마디를 건네려고
애쓰고 고심하지 않아도 돼.
따뜻한 커피 한잔을 건네받는 것만으로
충분히 힘이 나니까.

술래가 찾아줄 때까지

어릴 적 숨바꼭질을 할 때마다
꼭 숨는 곳이 있었다.
바로 옷장.

걸려 있는 옷들의 폭신한 촉감 때문에 아늑했고
문틈으로 가느다랗게 빛이 새어 들어와
그 안에 기어 들어가 웅크리고 있으면
캄캄해도 마음은 편안했다.

그런 공간이 필요한 날이 있다.
복잡한 관계에 치여 사람들을 보기가 힘들 때
이런저런 말과 참견에 머릿속이 시끄러울 때
온전히 나 혼자로 돌아갈 수 있는 캄캄하고 아늑한 곳,
다시 밖으로 나올 용기가 생길 때까지
마음 놓고 숨을 수 있는 곳이.

계속 숨어 있을 수 없다는 건 안다.
옷장 안에 웅크리고 있는 동안에도
누군가가 나를 찾아주면 좋겠다는 생각이 슬며시 들고
술래가 끝까지 나를 찾지 못할까 봐 불안해지기도 했다.

나는 혼자가 될 수 있는 곳을 찾으면서도
누군가 그 옷장을 열어주기를 바랐는지도 모른다.
그만 숨어도 된다고, 내가 너를 찾았다고 말해주길,
가끔은 내가 여기에 있다는 걸 누군가 알아주길.

지금도 마찬가지일지 모른다.
사실은 내가 어디에 숨어 있는지 알고 있지만
일부러 찾지 않는 배려를 원하는 것이 아닐까.
마치 숨바꼭질하는 아이가 어디 있는지 훤히 알면서도
부모님이 짐짓 모른 척 기다려주는 것처럼.

당신에게는
혼자가 되고 싶을 때 숨어들 옷장이,
그 속에 숨어 있을 때 찾아줄 누군가가 있을까?

마음속 아이

별일 없어 보이는 사람도,
괜찮다고 말하는 사람도,
마음속을 깊숙이 들여다보면
시퍼런 멍이 들어 있을지 모른다.

항상 웃고 있는 사람도,
매사에 친절한 사람도,
생각 속을 깊숙이 들여다보면
사랑받고 싶어 애쓰는 걸지도 모른다.

가면을 쓴 얼굴 뒤로
보이지 않는
마음속 깊은 곳을 어루만져주길.
생각의 깊은 곳을 다독여주길.

누구나의 마음속 깊은 곳에
숨어 있는 아이가
다치지 않게 꼭 안아주어야 한다.

벚꽃 피는 계절이 오면

하얀 벚꽃이 만발한 길이었다.
하늘은 유난히 파랗고 눈이 부실 만큼 높았다.
꽃잎이 바람에 이리저리 흩날렸다.
할머니가 가시는 그날이 그랬다.

꽃을 무척 좋아하셨던 할머니가
떠나는 길이 편안하시기를…
그렇게 나는 꽃잎과 함께 할머니를 배웅했다.

내가 기억하는 할머니는 포근한 분이었다.
사람들을 늘 따뜻하게 감싸주는 분이었다.
그런 할머니가 떠나는 날,
화장터로 가는 길은 내내 눈부실 만큼 아름다웠다.

벚꽃 피는 계절이 올 때마다 할머니가 떠오른다.

따뜻했던 할머니의 품도, 할머니의 마음도.
이제 내 기억 속에서 할머니는 언제나
뒷짐을 진 채로 만발한 꽃길 위를 걷고 있다.

할머니가 떠나고 한동안은
그 뒷모습을 떠올리기가 힘들었다.
할머니는 이제 편안하실까,
여전히 좋아하던 꽃들에 둘러싸여 계실까…
할머니의 빈자리가 실감나서 마음이 시렸다.

하지만 그 빈자리를
다른 무엇으로 채우고 싶지는 않았다.
할머니의 뒷모습은 무엇과도 바꿀 수 없었다.
그 빈자리를 끌어안고 살아가는 것,
이따금 떠오르는 그 뒷모습을 기억하는 것.
그렇게 마음속에 빈자리가 늘어간다.
어쩌면 나는 지금 어른이 되는 중일지도 모른다.

우리는 아직도
숨바꼭질을 하는 것 같아.

내 마음속
숨어 있는 아이와

스스로를 어른이라
부르고 싶지 않은
나 자신과.

호기심이라는 태도

언제부터인가 궁금한 것이 있어도 물어보지 않는 데 더 익숙해졌다. 아이였을 때처럼 누구에게든 개의치 않고 물어보는 일이 줄어든다. 두 살 아이는 시도 때도 없이 질문을 던진다. 똑같은 것을 가리키며 몇 번씩 같은 질문을 되풀이하기도 한다. 어른들이 따라가기 벅찰 정도로 호기심이 넘친다. 아이에게는 자신이 보는 것들 대부분이 새로울 테니 궁금한 것이 많은 것도 당연하다.

호기심을 잃으면 젊음을 잃는 것이라는 말이 맞을지도. 어른이 된 우리는 질문하고 싶어 하지 않는다. 자신의 모자란 모습을 들키는 것 같아 부끄럽고, 그 정도도 모르는 사람이라는 취급을 받기 싫어서? 어른이 되면 호기심은 결국 체면에 지고 마는 것인지도 모른다.

간혹 TV에서 유시민 작가를 보면 모른다고 말하는 데 거리낌이 없어 보인다. 모르는 것이 있으면 천진난만하게 궁금해하고, 질문하기를 부끄러워하지 않는다. 호기심에 찬 그의 눈빛은 꼭 아이의 눈빛 같다.

지금 우리에게 필요한 건 그런 것이 아닐까. 호기심을 갖고 세상을 바라보는 시선과 모르는 것을 부끄러워하지 않는 태도 말이다. 궁금한 것이 많아지면 시간이 더디 간다고 한다. 나이를 먹을수록 시간이 빨리 간다는 말은 결국 나이를 먹을수록 호기심을 잃어버린다는 의미와 같을지도 모른다. 이미 잘 알고 있다는 생각에 지나치는 것들이 많아질수록 뻔하고 진부한 하루가 이어질 테니, 하루는 짧고 한 달은 순식간이며, 일 년 또한 빛의 속도로 지나가는 것이다.

이제 어른의 속도를 조금 늦춰보고 싶다. 호기심이 브레이크가 되어줄 것이다. 느긋하고 여유로운 나만의 속도로 일상을 바라보려 한다. 지금 내가 앉아 있는 의자는 어디에서 왔을까, 오늘 출근길에 봤던 나무의 이름은 무엇일까.

누구 눈치 볼 것 없이 세상에 호기심을 갖는 순간부터, 질문을 던지는 순간부터 나의 일상은 조금은 생기 있는, 즐거운 여정이 될지도 모른다.

잘 버텼어

쓰담쓰담.

여기까지 왔구나.
네가 자랑스러워.
정말 고생 많았어.

토닥토닥.

잘 버텼어.
울어도 돼.
정말 힘들었을 거야.

잘 살아가고 있다고,
지금 그대로 충분히 멋지다고,
자주 말해줄게.

아프지 않은 사람은 없으니까

살면서 한 번도 아프지 않은 사람은 없다.
계절이 바뀔 때마다 감기에 걸리기도 하고
자전거를 타다가 넘어지기도 하고
소중한 사람과 헤어지며 생채기가 나기도 한다.
몸이든 마음이든 아프지 않고 살 수가 없다.
사람은 너무 쉽게 아프기 때문에
손길이 필요하고 위로가 필요하다.

하지만 아픔이 상처만 남기는 건 아니다.
아픈 경험이 중요한 걸 찾아주기도 한다.
날 진심으로 생각해주는 사람을 알아볼 수 있고
약해진 마음을 달래주는 친구를 발견할 수 있다.
내게 가장 잘 맞는 약이 무엇인지 알 수도 있다.

어쩌면 서로의 아픔을 알아주는 것만큼

좋은 약은 없을지도 모른다.
내 아픔으로 다른 사람의 아픔을
알아보게 된다면
아주 조금은 덜 외롭지 않을까.
내 아픔으로 당신의 아픔을
안아주게 된다면
아주 조금은 더 따뜻해지지 않을까.

세상에서 가장 확실하고 완벽한 처방은
나의 체온을 나누어주는 것,
아픔이 아픔을 안아주는 것이다.

내가 널 꼭 안아줄게.
부서진 네 마음의 조각들이
제자리를 찾을 수 있도록.

곁에 두고 싶은 사람

가끔은 삶에도 여정을 함께하는
동료가 있으면 좋겠다.

지도를 함께 보고 삶이 어떻게 흘러가는지
장애물은 무엇인지, 다른 길은 없는지,
고민을 나눌 수 있는 그런 동료.

사실은 마음 편히 이야기할 수 있는
사람이 필요한 건지도 모르겠다.

억지로 웃는 얼굴로 마주하지 않아도 되고
감정을 있는 그대로 꺼내 보여도 괜찮은 사람.

나와 눈높이를 맞추고
내 마음속 깊이 들어와

진심을 만날 준비가 되어 있는 용감한 사람.

세상은 어렵고 험난하지만
그래도 우리 같이 있자고
꼭 그러자고
말해줄 수 있는 따뜻한 사람.

내가 먼저 그런 사람이 된다면
마음이 맞는 동료를 찾을 수도 있을까?
삶을 모험하는 동안 누구나 한 명쯤은
그런 동료를 바랄 테니까.

네가 좋은 이유

말이 없고 무뚝뚝해도
네가 좋은 이유는 많아.

늘 곁에 있어서
손을 잡을 수 있어서
함께 걸을 수 있어서
이야기를 나눌 수 있어서
마음을 주고받을 수 있어서
웃음이 멈추지 않아서
즐거운 일이 가득해서
추억을 함께해서
매일이 기쁨이라서
사랑을 알려줘서

나는 네가 좋아.

너라서 고마워

너의 미소가
나의 순간을 웃음으로 가득하게 만들어버릴 줄 몰랐어.

너의 손길이
나의 하루를 행복으로 넘치게 만들어버릴 줄 몰랐어.

너의 존재가
나의 인생을 살아갈 만한 것으로 만들어버릴 줄 몰랐어.

네가 있어
나는 매 순간을 살았고,
앞으로 살아갈 날을 꿈꾸게 된 거야.

나에게는
네가 있어.

그것만으로 언제나
고마워.

이제 너에게도
힘이 되는 내가 되고 싶어.

더 나은 내가.

내 곁에 있어줘

나는 너와 함께 있는 게 좋아.
너와 함께 있을 때면
어둡고 외로웠던 마음은 벗겨지고
한 움큼 쥐고 있던 고독이 사라져.
행복은 쌓여가고
설렘과 즐거움에 뒤섞여
아름다운 풍경들을 보게 돼.
소란스럽지 않게 잔잔한 파도가 밀려오는 것처럼
예쁜 미소와 사랑스러운 향기로
너는 나를 물들이지.

너와 함께하는 모든 날들이
나를 행복 안에 머물게 해.
근사함과 기쁨으로 가득한 나날들.
너와 함께이기에 가능한 나날들.

나는 너와 함께 있는 게
곁에서 서로를 바라볼 수 있는 게
정말이지 너무나 좋아.

대화가 필요해

때때로 침묵 속에
덩그러니 남겨진 나를 발견한다.
투명인간이 되어가는 기분.
얼굴에 어둠이 내려앉고
마음에도 얼음이 쌓여가는 느낌.
생각은 많아지고, 쓸쓸한 여운은 가시지 않는 밤.
누군가 툭 하니 건드리면,
와르르 무너져버릴 것 같은 밤.

어느 밤 오랜만에 전화벨이 울렸다.
늘 연락을 하던 친구였기에,
"문자하지, 웬 전화야?"라고 물었다.
친구는 급하게 물어볼 것이 있다고 했다.
용건이 끝나자 쑥스러운 듯 말했다.
"그런데 우리 전화 통화 진짜 오랜만인 거 같지 않아?"

"그러고 보니 그러네, 오랜만에 목소리 들으니 좋다."
"나도 그래, 종종 대화하자."
나의 마음은 어느새 평온해졌다.
갑작스럽게 걸려온 전화였지만 짧게나마
친구와 안부를 주고받으며
어지러웠던 마음이 가라앉았다.

망망대해에 갈 곳 잃은 난파선처럼
우리는 자주 고립된다.
대화는 점점 사라지고 문자만 주고받는다.
그러고는 외로움을 달래줄 특별한 무언가를 찾아 헤맨다.
하지만 혼자 남겨진 내게 정말 필요했던 것은
대화로 이어지는 따뜻한 숨결이 아니었을까.
아주 작지만 귀한 말 한마디 아니었을까.

전하고 싶은 마음

보고 싶은 마음에

하루에도 몇 번씩 하늘을 올려다본다.

마음 깊숙이 남아 있는

너와 함께한 시간들을 들여다본다.

내 곁에 있어주면 안 돼?

그렇게 말할 수 있을 때 왜 말하지 못했을까.

어차피 이제 놓아둘 곳도 없는 마음들을

그때 왜 다 건네지 못했을까.

너를 다시 볼 수만 있다면,

얼굴이 빨개지도록 속마음을 전하고 싶다.

내 길은 언제나 너를 향해 나 있었고

내 삶은 언제나 너를 향해 흘렀고

내 사랑은 항상 너를 위해 존재했으니

다시 돌아오기만 하면 된다고,

다시 곁에 있어주기만 하면 된다고.

요새 관심 있는 게 있어?

없다면 마음속에 하고 싶은 것 하나쯤

만들어봐.

무언가에 관심을 두는 것,

거기서부터 시작이야.

행복 말이야.

5

내가 좋아하는 것부터 생각해볼래

좋아하는 것만 생각할 수 있다면

푹신한 소파에 기대어 앉은 네 모습을 보면
행복은 눈에 보이는 거란 생각이 들어.
지금 너 참 행복해 보이거든.

나도 모르게
너처럼 되고 싶다고 중얼거렸어.

좋아하는 프로그램을 보며 키득거리고
지루해지면 리모컨을 누르다가
전혀 예상 못한 프로그램에 푹 빠지는 것.
어쩐지 너무 즐거워 보여.

요즘 나는 하루가 어떻게 지나가는지도 몰라.
그런 거 있잖아.
하루 종일 뭔가 열심히 하긴 하는데 뭘 했는지도 모르겠고

그 사이 일 년이 휙 지나가버려서
두 손에 아무것도 남아 있지 않은 것 같은 기분 말이야.

마음 놓고 소파에 앉아 쉰 적도 없고,
멍하니 시간을 흘려보낸 적도 없는데,
어쩐지 나 혼자만 끝없이 쳇바퀴를 돌고 있는 것 같아서
바보가 된 기분에 스스로가 싫어지기도 해.

아주 잠시만이라도 너처럼 무언가에
푹 빠져볼 수 있다면 좋겠어.
세상 모든 영화를 다 보는 게 꿈인 사람처럼
하루 종일 영화만 보기도 하고,
해 질 녘 자전거를 타고 공원으로 나가서
노을이 보이지 않는 곳까지 달리는 거지.

내가 좋아하는 것만 생각할 수 있다면
나도 다시 날 좋아할 수 있을 것 같은데.
내가 널 이렇게 좋아하는 것처럼 말이야.

행복을 묻는다면 행복하지 않은 것

행복이라는 게 무엇인지
어떻게 하면 행복하게 사는 건지
도무지 모르겠다.

행복은 어디에나 있다고,
노력하면 누구나 행복해질 수 있다고,
다들 웃으면서 이야기하지만,
남들처럼 행복해지는 게 대체 뭘까?

그런데 참 이상하다.
행복하지는 않은데 불행한 것도 아닌 날들.
이따금 외롭고, 이따금 슬프고,
이따금 적적한 날들이 있지만
불행하다고 말하기에는 나름 괜찮다.

군이 행복하지 않아도 괜찮은 건 아닐까.

애써 불행하지 않으려고,

애써 남들만큼 행복해지려고

노력하지 않아도 괜찮은 건 아닐까.

안 하면 안 될까요?

주말에 전화가 왔다. 상대의 말로는 아주 급하다는, 어떤 일을 대신 좀 해달라는 부탁이었다. 하지만 거절했다. "안 하면 안 될까요? 죄송하지만… 아무래도 오늘은 안 될 것 같아요."

거절이 내게 쉬운 일은 결코 아니다. 사실 나는 거절을 잘 못 하는 편이다. 그날은 정말 아주 가끔 있는 별일 없는 날이었다. 일이 없었다. 일부러 일을 없앴다. 약속은 다른 날들로 잡아뒀으며, 해야 할 일들은 내일로 미뤄두었다. 그저 책이나 읽으며 쉬고 싶었다. 그때 마침 전화가 온 것이다.

부탁을 들어주는 것이 어려운 일은 아니다. 하지만 내 시간을 내주어야 한다. 잠을 좀 줄이거나 다른 일들을 빨리 처리해야 한다. 힘들게 전화를 끊고 난 후, 괜히 뒷일이 걱정되어 내가 왜 그랬을까 싶었지만, 나의 용기를 칭찬해주고 싶었다. 조금 소심하게 마무리하긴 했지만 아무렴 어때. 예의 바르게 거절했으니 되었다.

나중에 알고 보니 부탁했던 일은 꼭 내가 아니어도 되는, 그 사람 혼자 힘으로 충분히 해낼 수 있는 일이었다. 자기가 할 일이면서 나한테 미루려고 했다는 사실에 조금 화가 났지만, 잘 거절했다는 사실에 만족하기로 했다.

그리고 그렇게 걱정할 일도 아니었다. 거절한다고 뭐 세상이 뒤집히거나 눈덩이처럼 큰 문제가 되어서 지구 반대편에서 나비효과를 일으킬 일은 없다.

거절해도 된다.
부탁을 들어준다고 착한 사람이 되는 것도 아니다.
스스로 힘들게 몰아세울 필요 없다.

좀, 편하게 살자.
나다운 생활을 이어가면서,
나의 시간도 찾아가면서,
나의 삶을 지키면서,
그렇게 살자.

힘들지?
그 짐, 이제
어깨에서 내려놔도 괜찮아.

버거운 일들, 힘든 일들,
꾹 참고 있을 필요 없어.
그 짐 이제 내려놓고
마음 편히 있으면 좋겠어.

'별일'에 대처하는 자세

한 해 두 해 지나면서 나름 어엿해졌다고
무언가에 쉽게 동요하지 않을 거라고 생각했는데,
세상은 내 생각보다 훨씬 더 '별일'이 많은 것 같다.

분명 맞는 길이라고 생각했는데 막다른 골목이 나타나거나
그 사람만은 내 마음을 알아줄 거라 생각했는데
나에 대해 전혀 엉뚱한 오해를 하고 있었다는 걸 알았을 때,
삶은 참 알다가도 모르겠다는 생각이 든다.
잘 알고 있다고 생각했던 것들도 낯설어지는 느낌.

그런데 어차피 벌어진 일, 대체 왜 그런 건지
속상해하고 곱씹는다고 뭐가 달라질까?
어쩌면 생각보다 큰일이 아닐 수도 있고,
예상과 전혀 다른 방향으로 흘러갈 수도 있다.
고민하는 것조차 너무 힘들다면
될 대로 되라지, 하고 내버려두는 것도 나쁘지 않을 것이다.
잠시 생각을 쉬는 동안 엉켜 있던 실타래가 풀릴지 누가 알까?
생각의 끝에 닿으면, 뭔가 결론이 날지도.

아니, 꼭 결론 같은 거 없어도 괜찮다.
'별일'이 내 인생에 어떤 영향을 미칠 건지는
내 마음 가는 대로 결정될 테니까.

살아 있다는 것만으로 충분해

너무 열심히 산다고 생각하지 않아?

하루하루 최선을 다하고
시간을 쪼개서 무언가를 계속 해나가야만
행복해지는 건 아니잖아.

너무 스스로를 몰아붙일 필요는 없지 않아?

가만히 있는 것도 언젠간 지쳐.
뭐든 하고 싶은 생각이 들 때 움직여도 늦지 않아.
하루이틀 늦어진다고 인생이 늦어지는 것도 아니잖아.
그러니까 오늘은 아무것도 안 할래.

무언가를 열심히 하는 나도,
소파 위에 늘어져서 아무것도 하지 않는 나도

전부 나야.

남들이 나만큼 나를 사랑해줄 수는 없으니까,

내 인생은 내가 사랑해주고 싶어.

꼭 생산적이지 않아도 돼.

숨 쉬는 것 자체가

이미 충분히 생산적인 일 아니야?

살아 있다는 것만으로 충분해.

일요일,

우리가 꼭 해야 할 일이 있어.

뒹굴뒹굴 멍하니 쉬어가기.

그렇게 몸과 마음의 박자를 맞춰가기.

나라는 작품

사람은 언제부터 순위에 연연하게 될까. 시험이 그렇고 스포츠가 그렇고 심지어 인간관계에서도 차례대로 순서를 정해둔다. 그러니 우리는 아주 어릴 때부터 순위에 노출될 수밖에 없다. 하지만 저마다 생각하는 것, 원하는 것이 다른데 모두를 하나의 기준으로 판단하는 것이 옳을까.

우리에겐 비교라는 못된 습관이 있어서, 가족과 친구 사이에도 간혹 그런 잣대를 들이대곤 한다. 그 잣대와 나란히 서는 순간부터 상처가 생긴다. 그런 상처를 예방하려면 서로 기준이 다르다는 걸 이해하는 마음이 필요하다. 사람들이 같은 책을 읽어도 저마다 다른 부분에서 감동하는 것처럼, 아이들마다 좋아하는 간식이 다른 것처럼, 각자 자기만의 방향이 있다는 것을 존중해주고 응원해주는 것이다.

사람들은 서로 다른 얼굴만큼 저마다 다른 삶을 살아가기에 우리의 삶엔 점수를 매길 수 없다. 세상 모든 작가들의 글이 소중하듯이 지금 우리의 삶도 귀하다. 각자 자기 인생을 써내려가는 작가로서 아무도 가보지 못한 길을 걸어가고 있으니까.

당신의 인생과 닮아 있는 그 길을 응원한다.
우리가 걸어가는 지금 이 길은
순위를 매길 수 없는 작품이다.

오늘도 당신 인생이라는 작품을
즐겁게 한 글자 한 글자 써보기를.

남들 눈치 보지 말고,
순위에 연연하지 말고,
나 좋은 대로, 내 개성대로
마음껏 써보기를.

나 좋으면 그만이지

어머니는 외출하실 때마다
내게 꼭 물어보신다.

"이 옷 어때?"
"엄마 오늘 괜찮아?"

어느 날은 평소보다 오래 준비하고 나온
어머니의 옷차림이 너무 화려했다.

"너무 튀지 않을까요?"

내 말에 어머니는 머뭇거리시더니,
다시 방으로 들어가셨다.
그러고는 잠시 후 같은 옷차림으로 나오셨다.

"나 좋으면 그만이지.
오늘은 나 좋은 거 하련다."

싱글벙글 노래까지 흥얼거리면서 나가시는
어머니를 보며 빙그레 웃음이 났다.

나는 '내가 좋아하는 것'을 잊고 사는 건 아닐까.
남이 보기에 좋아 보이는 일들만 찾아 하고 있는 건 아닐까.

다른 사람들에게 피해를 주지 않는 선에서
내가 즐길 수 있는 일을 한다는 것,
남의 시선에서 자유로워질 수 있는 것,
그리고 나라는 사람이 좋아하는 것을 한다는 것.

"나 좋으면 그만."
아, 이거 진짜 좋은 말인 것 같다.

△△△

정해지지 않아서 더 즐거워

내가 가는 길이 보이지 않을 때,
어디로 가야 할지 알 수 없을 때,
이렇게 생각해.

보이지 않으니 어디든 갈 수 있겠구나.
알 수 없으니 무엇이든 할 수 있겠구나.

다른 누가 원하는 길이 아닌
내가 가고 싶은 길을 갈 수 있는
기회가 생긴 거구나.
그래, 그렇게 생각해.

누군가가 정해놓아 찾기 쉬운 길보다
아무 방향도 목적도 없는
내가 만든 길이 더 재미있을 것 같아.

"나 좋으면 그만."
누구나 듣고 싶지만,
쉽게 들리지 않는
내 마음의 목소리.

조금씩 조금씩

간혹 주변 사람들이 좋아하는 일만 하며 살고 싶은데 어떻게 해야 좋을지 모르겠다며 내게 하소연한다. 이런 고민은 누구나 한 번쯤 해볼 것이다. 생활을 꾸리는 데 집중하다 보면 내가 무얼 좋아하는지 생각하며 살 틈이 없으니까. 좋아하는 일만 하며 살기란 쉽지 않으니까.

처음 그런 고민을 들었을 때 나는 어떤지 돌아보았다. 나의 마음을 달래기 위해 책을 읽고, 글을 쓰고, 또 그 글을 사람들과 나누고… 생각해보면 내가 했던 일은 모두 처음에는 작은 것들이었지만 꾸준히 습관처럼 쌓여 점점 내 삶에서 큰 비중을 이루었다. 또한 오로지 나를 위한 일들이었다. 나의 일상에서 재미를 잃지 않기 위한 일, 삶의 활력을 찾기 위한 일이었다. 어찌 보면 많은 시간이 흐른 뒤에 내 인생에 대해 누군가에게 들려줄 때 즐겁게 이야기할 거리들에 시간을 쏟은 셈이다.

요즘은 비슷한 고민을 털어놓는 이들에게 작은 것부터 시작해보라고 조심스레 이야기한다. 십 년, 이십 년 뒤에 그때 그러길 잘했어, 아주 즐거웠어 하고 떠올릴 수 있는 것을 조금씩 해보라고. 한꺼번에 대단한 것을 해내려고 애쓰지 말고, 소소해 보일지라도 묵묵히 꾸준히 하면 뭔가가 차곡차곡 쌓일 수 있을 거라고.

물론 좋아하는 일을 찾기가 쉬운 것은 아니다. 자신이 무엇을 좋아하는지, 무엇을 하면 행복한지 모르는 사람도 많다. 하지만 아주 사소한 무언가라도 시작하는 순간, 이미 출발점에서 한 걸음 나아간 것이다.

무엇이든 당신을 미소 짓게 만드는 일을 찾아보면 좋겠다. 오랜 시간이 지난 후에도 그 미소를 떠올리게 만들어주는 일을. 가까운 곳으로 산책을 나가볼 수도 있고 새로 생긴 카페에서 맛있는 커피를 마실 수도 있다. 그렇게 한 걸음씩 내딛는 것이다.

어느 누구 하나
당신이 겨울을 나고 있다는 사실을 몰라도 괜찮다.
겨울을 버티고 봄을 맞이하기 위해
든든히 준비하고 있다는 걸
당신 자신이 가장 잘 알고 있으니까.

이미 그 겨울을 지내본 당신이기에
조급해할 필요 없다.
그러니 괜찮다.

이러다 내가 없어질 것 같아

가끔 나는 지금 어디에 있는 건가,
무엇을 하고 있는 건가
스스로에게 물어볼 때가 있다.

즐겁지 않은 곳에서
억지웃음을 지을 때,
아무 말도 하고 싶지 않은데
입 밖으로 무언가를 꺼내놓아야만 할 때,
원하지도 않은 것을 원했던 것처럼
마음을 억지로 끼워 맞출 때
나는 도대체 어떤 사람인가 혼란스러워진다.

다른 사람들도 다 나처럼 사는 걸까.
그게 다 사회에 적응하는 방법이라는 사람들,
노력하면 괜찮아진다는 사람들,

다들 어떻게 그렇게 살아가는 걸까.

하고 싶지 않은 것은
하지 않아도 괜찮다고 알려주는 사람은 없다.
싫어도 해야 할 때가 있다고만 한다.

그러다 내가 없어질 것만 같은데,
어디로 가는지도 모르고 내달리다가
완전히 길을 잃어버릴 것만 같은데…

나만은 너에게 말해주고 싶다.
하고 싶지 않은 것을 억지로 하지 않아도 된다고.
하지 않아도 아무 일도 일어나지 않는다고.

억지로 끌려가는 자신을 보며 지치지 말고,
우리 같이 하고 싶지 않은 것을
안 할 수 있는 용기를 내보자고.

오늘부터, 아니 지금부터

눈치 보며 살기 아까운 인생이야.

너 하고 싶은 대로 살아.
나도 나 하고 싶은 대로 살 거니까.
더 이상 눈치 보느라 오늘을 낭비하지 말기로 해.

오늘부터야.
아니, 지금부터 우리 마음대로 살자.

내일이 되면
다시 오늘을 살 수 없을 테니까.
오늘은 지금 이 순간밖에 없으니까.

망설이고 있나요.

어디로 갈지 고민인가요.

그럼, 가요.

어디든 가고, 어디든 걸어요.

고민할 시간에 가는 거예요.

그렇게 가다 보면 발자국이 모여 길이 될 거예요.

오직 당신만의 길 말이에요.

우리는 그렇게

우리만의 길을 만들며 가는 거예요.

고민할 그 시간에 말이죠.

후회하지 않을 수는 없다

살면서 우리는 매 순간 선택을 한다. 돌이켜봤을 때 그 선택이 과연 최선이었는지 아닌지는 선뜻 대답하기 어렵다. 어떤 선택이든 선택하지 않은 것에 대해 약간의 후회가 남기 마련이니까. 사소하든 아니든 우리는 시시때때로 갈림길에 선다.

친구들과 모여 이런저런 이야기를 하는 중에 한 친구 녀석이 이런 질문을 던진 적이 있다. "대체 어떻게 살아야 죽기 전에 후회하지 않을까?" 친구들이 저마다 이야기했다. "신문에 범죄자로 이름 석 자 실리지 않으면 되는 거 아닐까", "죽을 때까지 하고 싶은 것만 하면 미련이 없을지도 모르지", "가족과의 시간을 소중히 하는 게 후회하지 않는 삶일 수도 있어" 등등… 그런데 그중 한 친구가 했던 말이 여전히 기억에 남는다.

"어떤 선택을 하든 죽기 직전에 정말 아무것도 후회하지 않을 수 있을까? 그냥 내 마음이 중요한 거 아니야? 후회를 하더라도 그 선택을 내린 사람이 결국 나였다는 사실을 생각하면 난 괜찮을 거 같아. 어쨌든 내가 선택하면서 살 수 있었다는 거잖아."

그 친구의 말처럼 어떻게 해야 후회 없이 살 수 있을지를 고민하기보다 지금 이 순간에 집중하며 사는 것이 아쉬움을 남기지 않는 방법인 것 같다. 내 삶에 집중하겠다는 선택이 후회보다 더 믿음직하게 날 이끌어줄지도 모르니까.

지금의 나는 내가 매 순간 내린 선택으로 성장해온 것이니까.

●●●

좋은 안녕

나는
언제나
너의 길을 응원해.

네가 가는 길이
정답이고
해답이고
진실이고
늘 옳은 길이야.

그러니 너의 길이
늘 안녕하길.

새로 산 스케치북,
열려 있는 창문,
처음 보는 길처럼
네가 뭐든 할 수 있는
깨끗한 것들을 보며
내일 하루도 힘을 내보기를.

내 마음이 먼저

사람들과의 만남이 좋았고, 마음을 주고받으며 의지하는 시간들이 좋았다. 관계에서 아픔이나 슬픔을 겪을 때마다 위로받고 싶어서 나를 찾아오는 사람을 챙기려고 부단히 애썼다. 이별을 겪은 친구, 직장생활로 힘들어하는 지인, 인간관계에서 상처받은 사람들을 만나면 나름대로 위로가 되어주고 싶었다. 내가 조금이라도 힘이 된다면 내 마음은 어떻든 괜찮았다.

그런데 어느 날 평소에는 어디를 외출하든 아무 말 없으시던 어머니가 저녁 즈음 나가는 나를 불러 세워 물으셨다.

"오늘은 또 어디 나가?"

"친구가 좀 힘든 일이 있나 봐요. 잠깐 만나자고 하네요."

"어제도 나가지 않았니?"

"어제는 다른 친구가 불러서요."

그러자 어머니가 걱정 어린 얼굴로 말씀하셨다.

"너도 좀 챙기며 살아라. 내가 볼 땐 너도 아픈 사람이야."

대수롭지 않게 넘기고 친구를 만나러 갔지만, 내내 어머니의 그 말이 마음에 남았다. 다음 날, 오랜만에 나가지 않고 가만히 앉아 쉬는 나를 보고 어머니가 물으셨다.

"웬일로 안 나가네?"

어머니에게 미소 지으며 대답했다.

"이제 저 좀 챙기려고요."

그저 좋은 사람으로 남고 싶어서 내 아픔을 위로하는 것을 뒤로 미룰 수는 없다. 내 마음이 튼튼해야 다른 사람의 아픔도 어루만져줄 수 있으니까.

누구에게나 자기 마음을 돌봐주는 시간이 필요하다.

하루 세 번 양치질만큼
하루 세 번 따끈한 밥만큼
중요한 게 있어.

힘든 하루를 보낸
내 마음을 달래는 시간.

잃어버린 것들의 빈자리

문득
잃어버린 것이 떠오를 때가 있다.

한때 소중했던 사람과의 추억,
한때 길잡이별처럼 빛나던 꿈,
모든 게 어설펐던 어린 나,
버스에 놓고 내린 우산처럼 무심코 놓아버렸던 날들.

어쩌면 잃어버렸다는 걸 알면서도
그걸 인정하기 무서워 그 언저리만 맴돌며
계속 잃어버린 채로 살았는지도 모른다.

누가 볼까 봐 부끄러워서
지금 내 삶이 부족해 보일까 봐 무서워서
애써 잊어버리고 있었는지도 모르고.

잃어버린 것들의 빈자리를
외롭고 슬픈 감정들로 채워버리면서
모든 걸 우울한 탓으로 돌려버렸던 거다.

우연히 그 마음을 들여다본 순간
그 깊은 빈자리에 있던 것들이 떠올랐다.
흠집이 나고 망가졌다고 생각했던 지난 감정과 기억을 딛고
내가 지금까지 걸어올 수 있었다는 것도.

다들 그렇게 망가졌다가 나아지길 반복하면서
씩씩하게 살아가는 걸지도 모른다.

그래서 안심하기로 했다.
잃어버린 것들을 찾아가면서
내가 더 단단해질 수 있을 것 같아서.

울 수 있는 것도 능력

흔히 청춘은 찬란하다고 말하지만, 항상 그렇게 빛나기만 하는 것은 아니다. 그래도 이십 대가 지나고 나면 뭐가 뭔지 몰라 길을 헤매는 것도 끝나고 삶에 훨씬 더 능숙해질 줄 알았다. 적어도 어디로 가야 할지는 알 수 있을 것 같았다. 그런데 아니었다. 나이를 먹는다고 더 쉬워지는 것은 없었고, 어깨에 올라오는 책임감의 무게만 더해졌다. '어른'이라는 이름이 붙은 나는 오히려 그전보다 더 무지하고 혼란스러워졌다.

왜 삶은 아름답다고 하는 걸까? 세월이 훨씬 더 많이 지나고 나면 나 또한 삶은 역시 아름다운 것이었다고 말하게 될까? 현재에 감사하라는 조언이 무색할 정도로 나는 인생에 불만이 많았다. 화를 풀 데가 없어 혼자 울음을 터트릴 때도 있었다.

노력하라고 해서 열심히는 하는데 미래는 보이지 않고, 앞으로 가고 또 가도 막막하기만 해서 괜히 서러운 마음에 눈물이 터졌다. 다 큰 성인이 혼자 분을 못 참고 울다니… 누가 보면 웃을지도 모르지만, 그렇게 울고 나면 속은 후련해졌다.

삶이 힘들어야 아름다워지는 법이라는 말로 자기를 속이며 꾹 눌러 참는 것보다 한 번 울고 홀가분해지는 게 낫다. 솔직하게 울 수 있는 사람이 더 아름다우니까. 그건 인간이 가진 멋진 능력 가운데 하나다.

우는 것이야말로 삶의 무게를 덜어내는 가장 빠르고 확실한 방법인지도 모른다. 울고 난 다음에는 적어도 다시 시작할 수 있으니까.

처음으로 혼자 여행을 떠나던 날,
처음으로 혼자 살기 시작한 날,
처음으로 누군가와 헤어지던 날, 기억나?

매일 매 순간 맞이하는 '처음'을 두려워하지 않는다면
그 다음 걸음을 내디딜 용기가 생길지도 몰라.

길모퉁이까지 2분만 더

지금은
힘들겠지.
아프겠지.
왈칵 눈물도 쏟아지겠지.

아직도 네가 찾아가는 그 길이
안개에 가려 보이지 않을지도 몰라.
시간은 생각보다 더디게 갈지도 모르고,
예상 못한 난관을 맞닥뜨릴 수도 있어.

하지만 걱정 마.
너는 그 길 끝에 닿을 거야.
결국 그 길 끝에서 머무를 곳을 찾을 거야.

앞이 보이지 않아 불안하고 초조해도
조금만 더 걸음을 내디뎌봐.
널 위한 길모퉁이가 나올 테니까.
그 모퉁이를 돌면
작고 동그란 행복을 마주할 테니까.

어떤 위로

지금 이 순간 누군가 당신에게
좋아하는 것이 있냐고 물었을 때
자신 있게 대답할 수 있을 정도로
좋아하는 것이 단 하나라도 있다면

그 마음이 어느 날 흔적 없이 사라져버린다 해도
언젠가 마음을 다해 좋아했던 것이 있었다는 기억만으로,
먼 훗날 미소 지을 수 있는 희망은
아직 남아 있는 것이다.

작은 미소, 작은 인사, 작은 마음.
이런 작은 것들이
나를 한 뼘 더 자라게 한다.

무언가를 좋아하려면

무언가를 좋아하려면
마음을 비워야 한다.

내 마음 안팎으로
파도가 일렁이고
거친 폭풍도 몰아치겠지만
좋아하는 무언가를 위한 자리 하나를
조용히 비워두어야 한다.

행여 다른 사람이 채어갈까 조급한 마음에
나의 두 손으로 무언가를 쟁취하려고만 든다면,
내가 먼저 놓치거나 잃어버리기 쉽다.

마음속을
심해처럼 고요하게 비우고,

잔잔한 바람처럼 온유하게 만들어
온전히 좋아하는 대상에 집중하며
아주 조심스럽게, 소중히 다뤄야 한다.

꾸준히, 한결같은 마음으로 정성을 기울인다면
그것이 무엇이든 결국 내 것이 되고
나의 마음도 충만해진다.

무언가를 진심으로 좋아하는 일에는
시간과 인내심이 필요하다.
시간과 인내심의 의미를 가장 깊이 깨달았을 때
비로소 인생의 풍요로움이 뭔지
말할 수 있는 사람이 될 것이다.

자, 이제
너의 비어 있는 마음 한편에서
시간과 인내심으로 키워갈,
진심으로 좋아할 무언가를 꼭 찾을 수 있기를.

내가 좋아하는 것부터 생각해볼래

어느 날 버스 차창 밖을 바라보다
슬픈 표정을 하고 있는 내 얼굴을 보고 물었다.
'너 지금 어디로 가고 있는 거니?'라고.

그렇게 묻고 나니 더 슬퍼졌다.
내가 가고 싶은 길로 갈 수 없었던 나날들.
행복한 얼굴의 나를 볼 수 없었던 나날들.
내가 좋아했던 것이 무엇이었는지 잊을 만큼
버거운 하루하루를 살고 있는 나.

내가 좋아하는 것이 무엇인지도
곰곰이 생각해보아야 겨우 답을 할 수 있을까 말까라니.
나는 얼마나 나 스스로를 돌보지 않았던 건가,
괜히 마음이 무거워졌다.
시간이 나를 위해 천천히 흘러가주지는 않을 텐데,

더 늦기 전에 나를 위한 시간을 만들어야 하는데,
원하는 것조차 잊어버린 나 자신과 덜컥 마주한 것이다.

그 순간 나는 벨을 눌러 버스를 세웠고,
낯선 곳에 내려 주위를 둘러보고 큰 숨을 내쉬고 난 뒤에
한 걸음씩 힘을 실어 아무 목적 없이 걸었다.

한 시간 남짓 낯선 곳을 걷고 나니
마음속에 꽉 막혀 있던 무언가가 풀리는 듯했다.
동시에 이대로 휩쓸려 흘러만 가다가는 내 인생에서
내가 사라질지도 모른다는 생각이 밀려왔다.

그날부터 나는 내가 좋아하는 일부터,
내가 좋아하는 것부터 다시 생각하기로 했다.
아무리 바빠도, 하루에 한 번은 숨을 고른 후에
나 자신에게 묻기로 했다.
너 지금 어디로 가고 있냐고.

하루가 저물기 전, 그 질문이 떠오르면
내가 좋아하는 일을 해보겠다고 마음을 다잡게 된다.
그것이 아무리 작은 일이라도.

epilogue

소중한 사람에게 들려주고 싶은 이야기

—

나의 어린 딸에게

아버지가 생사의 고비를 넘긴 적이 있다는 사실을 시간이 한참 지나고 나서야 알게 되었다. 내가 열 살 때, 아픈 모습을 보이기 싫었던 아버지는 어머니와 의논해 나를 한 달간 친구 집에 맡기셨다. 외동이던 나는 친구와 같이 자고 같이 일어나 학교에 가며, 하루 종일 같이 놀았던 그 며칠이 너무나 즐겁기만 했다.

사실 그때 아버지가 무척 편찮으셨다는 걸 얼마 전에야 어머니에게 전해 들었다. 처음에는 왜 그러셨는지 도무지 이해할 수 없었다. 가족인 나에게 그런 일을 감추고 있었다는 것에 화가 났다. 그런 내게 어머니가 해주신 말 한마디가 한참을 귓가에 맴돌았다.

"사랑해서, 너무 사랑해서 그런 거야."

만에 하나 우리 곁을 떠나는 일이 생기더라도 언제나 가족을 지켜주는 모습으로 남고 싶어서 그랬다는 어머니의 말에 마음 언저리가 아렸다.

사랑한다는 마음은 무엇일까. 소중한 사람을 위하는 마음은 무엇일까. 세상에 나 혼자라고 느껴지다가도 문득 나를 자기 목숨보다 소중하게 여기셨던 아버지를 떠올릴 때 밀려드는 따뜻함, 표현은 서툴러도 늘 나를 응원해주는 아내의 눈빛에서 느껴지는 든든함, 그 뒤에 그 마음이 있는지도 모른다.

이 책을 쓰는 동안 사랑하는 사람의 곁을 그런 마음으로 지킨다는 것에 대해 생각했다. 지금 여기 담은 나의 생각과 마음들이, 내가 가장 사랑하는 사람들이 힘들 때 지켜주기를 바란다. 그 마음이 열 살이었던 나를 단단하게 지켜주었던 것처럼, 그 후 살아오는 내내 힘든 순간들마다 나를 다시 나의 자리로 되돌려주었던 것처럼. 단 한 사람에게라도 사랑받고 있다는 걸 아는 것만으로 지친 마음에 힘이 생겨난다는 것을 많은 사람들과 나누고 싶다. 내가 그렇게 누군가에게 힘이 되는 마음을 잃지 않기 위해 노력했듯, 나의 어린 딸도, 또 그 아이가 사랑하게 될 사람들도 그들의 소중한 사람에게 언제까지나 묵묵히 손 내밀어줄 수 있기를 바라본다.

2019년 2월
전승환

카카오프렌즈 소개

카카오프렌즈는 저마다의 개성과 인간적인 매력을 지닌 라이언, 어피치, 튜브, 콘, 무지, 프로도, 네오, 제이지 총 여덟 가지 캐릭터가 함께합니다.

서로 다른 성격에 콤플렉스를 하나씩 가지고 있는 여덟 가지 캐릭터는 독특하면서도 우리 주변에서 쉽게 볼 수 있는 사람들의 모습을 그대로 반영해 남녀노소 누구에게나 공감을 얻으며 많은 사랑을 받고 있습니다.

RYAN

위로의 아이콘,
믿음직스러운 조언자 라이언

갈기가 없는 수사자인 라이언. 덩치가 크고
표정이 무뚝뚝하지만 여리고 섬세한 소녀
감성을 지닌 반전 매력의 소유자.
원래 아프리카 둥둥섬 왕위 계승자였으나,
자유로운 삶을 동경해 탈출!
지금은 카카오프렌즈에서 든든한 조언자
역할을 하고 있다.

APEACH

뒤태가 매력적인
애교만점 어피치

유전자 변이로 자웅동주가 된 것을 알고 복숭아
나무에서 탈출한 악동복숭아 어피치!
애교 넘치는 표정과 행동으로
카카오프렌즈에서 귀요미를 담당하고 있다.
섹시한 뒷모습으로 사람들을 매혹시키며
성격이 매우 급하고 과격하다.

TUBE

화나면 미친오리로 변신하는
튜브

겁 많고 마음 약한 오리, 튜브.
작은 발이 콤플렉스라 오리발을 착용하는,
미운 오리 새끼의 먼 친척뻘이다.
그렇다고 절대 얕보지 말 것!
극도의 공포를 느끼거나 화가 머리끝까지 나면
입에서 불을 뿜으며 밥상을 뒤엎는
미친 오리로 변신하니 언제나 주의해야 한다.

악어를 닮은 정체불명의 콘

정체를 알 수 없는 콘은 가장 미스터리한
캐릭터.
알고 보면 무지를 키운 능력자다.
요즘은 복숭아를 키우고 싶어 어피치를
따라다니고 있다.

CON

MUZI

토끼 옷을 입은 무지

호기심 많고 장난기 가득한 무지의 정체는
사실 토끼 옷을 입은(?) 단무지. 토끼 옷을
벗으면 부끄러움을 많이 탄다. 깜찍하고 귀여운
표정으로 전 연령층에서 사랑받고 있다.

FRODO

부잣집 도시개
프로도

잡종견이라는 태생적 콤플렉스를 가진
부잣집 도시개, 프로도. 고양이 캐릭터 네오와
공식 커플로 알콩달콩 애정공세를 펼치며
연인들의 공감을 자아낸다.

NEO

새침한 패셔니스타
네오

자기 자신을 가장 사랑하는 새침한 고양이
네오는 쇼핑을 좋아하는 카카오프렌즈 대표
패셔니스타! 하지만 도도한 자신감의 근원이
단발머리 '가발'에서 나온다는 건 비밀!
공식 연인 프로도와 아옹다옹하는 모습이
사랑스럽다.

JAY-G

힙합을 사랑하는
자유로운 영혼 제이지

고향 땅속 나라를 늘 그리워하는 비밀요원
제이지! 선글라스와 뽀글뽀글한 머리가
인상적이며 힙합가수 **JAY-Z**의 열혈팬이다.
냉철해 보이는 겉모습과 달리 알고 보면
외로움을 많이 타는 여린 감수성의 소유자다.

라이언, 내 곁에 있어줘

1판 1쇄 발행 2019년 2월 28일
2판 2쇄 발행 2022년 9월 30일

지은이 전승환
펴낸이 김영곤
펴낸곳 (주)북이십일 아르테

인문기획팀장 양으녕 인문기획팀 이지연 최유진
출판영업마케팅본부장 민안기
마케팅1팀 배상현 김신우 한경화 이보라
출판영업팀 최명열 e-커머스팀 장철용 김다운
제작팀 이영민 권경민

출판등록 2000년 5월 6일 제406-2003-061호
주소 (우 10881) 경기도 파주시 회동길 201(문발동)
대표전화 031-955-2100 팩스 031-955-2151

ISBN 978-89-509-7983-6 03810
아르테는 (주)북이십일의 문학 브랜드입니다.

(주)북이십일 경계를 허무는 콘텐츠 리더
아르테 채널에서 도서 정보와 다양한 영상자료, 이벤트를 만나세요!
페이스북 facebook.com/21arte 블로그 arte.kro.kr
인스타그램 instagram.com/21_arte 홈페이지 arte.book21.com

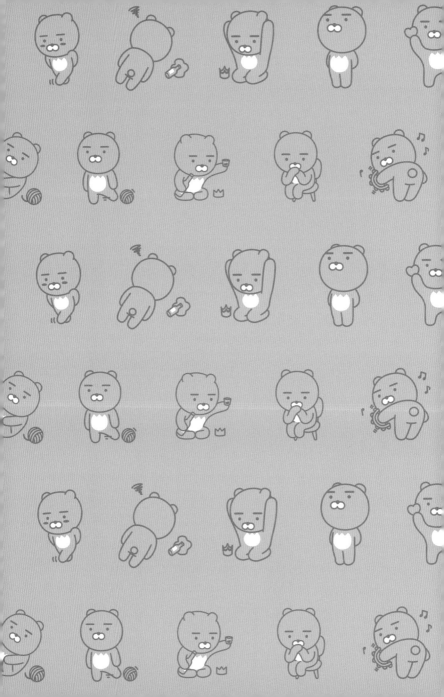